ベリーズ文庫

平凡な私の獣騎士団もふもふライフ

百門一新

STARTS
スターツ出版株式会社

目次

平凡な私の獣騎士団もふもふライフ

◆鬼上司な獣騎士団長◆
ジェド・グレイソン
イケメンで才に秀で、「理想の上司」と名高いが実はドS。
ある理由でリズを〝監視〟することになるが…!?
◆不運な巻き込まれ系女子◆
リズ・エルマー
就活に失敗し、採用されたのは軍人ばかりの獣騎士団。なぜか白獣たちから懐かれまくる特異体質で…!?
RODUCTION

CHARA
白獣の赤ちゃん
◆ジェドの相棒獣候補◆
カルロ
他の白獣よりひときわ大きく知能が高い。筆談で会話することも！　どこか不遜な態度は誰かとそっくり…？
◆お人好しな副団長◆
コーマック・ハイランド
穏やかな青年でジェドの右腕的存在。新入りのリズを優しく見守り、彼女の良き理解者となる。
平凡な私の獣騎士団もふもふライフ
Heibon na watashi no Jukishidan mofumofu life
INT

平凡な私の獣騎士団もふもふライフ

序章　リズ・エルマーの不運な目撃

獣騎士《あなた》には、私《けもの》が必要。

そして私《けもの》には、獣騎士《あなた》が必要です――。

それは互いに相棒となる騎士と獣の、大切な〝約束〟と絆。

※※※

こんなにも不幸なことって、ある？

十七歳のリズ・エルマーは、胸に茶封筒を抱えて廊下をとぼとぼ歩いていた。その動きに合わせて、暖かい春を思わせる桃色のやわらかな髪がふわふわ揺れている。

「うぅ、どうして私が本館の特別棟まで……」

バクッとされたら入院費は出すから！と上司や先輩には言われたけれど、その前に、軍にもなじみがなかった庶民の身の安全の確保を、最優先していただきたい。

まさか、こんなことになるなんて……。

今、リズがいるのは、王国軍第二十四支部のある大都市の軍域のド真ん中だ。しかも在籍している軍人以外の人間にとっては、最も危険とされている場所でもある。

それでいて、この職はリズにとってまったくの想定外なものだった。

ほんの二週間前まで、彼女は国の職やら軍やらとはまったく無縁の、のどかな田舎暮らしだった。

昔から何かとうまくいかず、不運だった自覚はある。

たとえば、村の運動会では池にダイブしたり、学校の行事当日にタイミング悪く風邪で寝込んだりした。凶暴で知られているブタ鳥の大型卵が飛んできて、それが頭に直撃したせいで試験に遅れたこともあった。

それでも十六歳で、無事に学校を卒業できた。働きに出られる年齢を迎えた村の同級生の少年少女たちと、同じく就職活動に臨んだのだが――。

そこでリズは、一週間で面接落ち四件という、村始まって以来の珍事と言われるくらいの記録を叩き出してしまったのだ。

一回目の就職活動は、会場にたどり着けないまま未面接で落ちた。続いては、書類が業者事故で期日に間に合わず面接を受けられなかった。

その次は階段で足を踏み外して、気づいたら面接が締め切られてしまっていた。その次になってようやく受けられた面接では、異例の人気で希望者が殺到していて、翌々日という早さで不採用の通知が届いた。

とにかくタイミングが悪いというか、就職活動を始めて早々うまくいかなかった。彼女を知っている同級生たちも、ひどく同情した。

『……なんか、お前かわいそうだな』

『ここまでくると、さすがに笑えないし同情するわ……』

『えっと……私たち、向こうの町から応援してるね……？』

同級生たちは、みんな役所や貿易企業や宮廷といった立派な場所での採用が決まって、就職活動期間の一ヶ月内には村の外へ出ていった。

その後も、リズなりにいろいろとがんばったものの、なかなか就職先が見つからなかった。

そうして季節だけが変わっていき、再び仕事募集期間の春が巡ってきた。十七歳になっていたリズは、ようやく採用決定の知らせをもらった。

一年越しで叶った就職だった。リズは郵便物を取った玄関先で、「やったー！」と泣いて喜んだ。なんだなんだと家族や近隣の人たちも出てきて、リズが「採用決定の通知なの！」と言うなり一緒になって喜んでくれた。

だが、その喜びもつかの間、家族が郵便物に印字されている差出人を見て青ざめた。直後、村人たちも「えっ」と固まった。そこまできてようやく、リズは書面をしっかりと確認して「ひぇぇ……」と血の気が引いた。

――王国軍第二十四支部、獣騎士団。

そこの非軍人職の事務員としての採用だった。隣町で行われた各職業の人員募集の応募会で、小さな商会の事務員でもかまわないので採用されますように！と時間内で作った書類のうちの一つを、うっかり間違えて王国軍の応募箱に自ら投函してしまっていたのだ。

おかげでリズは、十七歳にしてたった一人、同級生の誰よりも遠いウェルキンス王国の東にある、グレインベルトという大きな町で暮らすことになった。

そこは王国軍第二十四支部の、獣騎士団がある地だ。

大自然を有する山々に囲まれた大規模な町で、国内領土第二位の広大な土地である。リズはそんな町にある獣騎士団の別館で、机仕事をやっていた。

別館は、国軍敷地内の一角にある非戦闘員のための施設である。獣騎士以外には懐《なつ》かない戦闘獣と接触してしまうことがないよう、本館と呼ばれている獣騎士団の戦闘員のための施設とは高い塀で区切られていた。

実は、ここは国で唯一の戦闘獣「白獣」の生息地としても知られており、獣騎士団が保護と管理まで行っていた。

獣騎士団は、白獣を相棒獣として戦う騎士たちだ。戦闘獣の魔力を引き出せる精鋭部隊で、大昔からこの地にいた獣戦士団が、今の「獣騎士」となっている。

白獣は国内最大の獣で、希少種の魔力保有生物だ。騎獣する騎士に魔力を引き出してもらうことで、地上のどんな生物よりも速く走り、空を駆ける。

つまり獣騎士だけでなく、戦闘獣にとっても相棒は欠かせない存在だった。

戦闘獣である「白獣」は、自分に必要な相棒騎士を求める性質から、基本的に獣騎士にしか懐かないことでも知られている。

――たとえ相棒騎士がそばにいたとしても、手が届くエリアには絶対に入るな。

本館とは高い塀で区切られている別館で働く職員たちにも、そんな厳重注意が促されていた。

だが、それにもかかわらず、リズは働きだした初日から、なぜか相棒獣も出入りしている本館側のお使いをよく頼まれて出入りさせられている。

「警戒距離内でバッタリ戦闘獣に出くわしたら、パクリとイかれる……」

もし廊下を曲がった先にいたら……と想像して、「ひぇぇ」と小さく震えた。勤務してから二週間、幸い今のところ館内で遭遇はしていない。

勤務の初日、注意事項の説明のため演習風景を別館の窓から見せられた。

遠くから見た大型戦闘獣たちは、大変ふわふわとした素晴らしい優雅な白い毛並みをしていた。なんか上品、癒やし、かわいい……という感想が浮かんだ。

だが、その印象が吹き飛ぶくらいに、直後の戦闘光景はすさまじかった。

ああ、これ、バッタリ近くで遭遇したら危ないやつだ。

噛みつく感じも狼っぽかった。人が優に乗れる国内最大の獣なので、頭くらい一噛みで軽くイける——と、田舎育ちの鈍いリズも危険性を理解した。

「うぅ、でもせっかく就けたお仕事だもん……」

恐らくは、まだ重要ポストも任されていない新人は、こんなふうに危険なお使いをやらされる運命なんだろう……とも思ってあきらめてはいる。

何せ今年、別館の職務に採用された新人は、リズ一人だった。獣騎士団は戦闘獣の関係もあって、非戦闘員の採用枠でさえかなり狭いのだ。

投函ミスとはいえ、小さな商会の事務職を希望していたリズが採用されたのも、不思議ではあった。両親も村人たちも首をひねっていたが、国の職務という村一番の就職活動の成果を出したリズを応援して、困惑しながら送り出してくれていた。

だから、がんばりたい気持ちも二割増しだった。

別館で働く先輩たちだって、軍の中で最も採用枠の狭い優良な職場なので続けるべきだと言っていた。給料も高額で、二年目、三年目になると有休もかなり保障されて里帰りの費用も支給されたりする——。

「でも今一番の問題は、この書類が団長様宛てということ……」

リズは、これは上司がじかに挨拶して対応するような類の案件なのではと、胸に抱えた茶封筒を見下ろした。

獣騎士団の団長、ジェド・グレイソン。

彼は国内で二番目の広大な土地を有する、グレイソン伯爵家の人間だ。

若くして爵位を継ぎ、現在このグレインベルトの領主でもあるお方である。美貌にも才にもあふれ、二十歳にして獣騎士団のトップの座についた実力派。それでいて二十八歳の現在、妻はおろか婚約者すらいない。

浮ついた話一つない彼は、理想の優しい上司としても知られていた。別館で働く非戦闘員たちの業務についての相談も、貴重な時間を裂いてじきじきに聞いてくれて、その場で一緒に改善策を考えてくれたりすることもあるのだという。

リズの上司や先輩は「困ったことはないか、大丈夫か」と自ら尋ねてきてくださる素晴らしいお方だと語っていた。

それでいて彼は、日頃から非戦闘員の部下たちへのねぎらいも忘れない。柔和な笑顔で「がんばっているね」「お疲れ様」と声をかけられるたび、職員たちの胸にやる気がみなぎるのだという。

おかげで別館の女性職員たちからは、とくに絶大な人気があった。

彼女たちの噂によれば、社交界でも大変注目されている伯爵様にして、獣騎士団長様であるのだとか。それに加えてイケメン領主であると、町の女性たちも日々熱い視線を送っているのだという。

「そうよね、領主様でもあるのよね……」

思い返したら不安が増した。何せ、リズは田舎にはなかった軍のしきたりもなじみがない上に、貴族の作法もあまり知らない。

へまして首になる……ということは、ないだろうか？

そこが、リズにとって一番の心配だった。別館の女性職員たちからの嫉妬の心配はない。そもそも彼女たちにとって、彼は恋愛の対象ではなく〝尊さを遠くから見守り続けたいお人〟なのだとか。

実は女性達の間で、団長は副団長とできている——と熱く騒がれていた。

そんな背景もあって、結婚適齢期であるのに婚約者もいない、というのが、別館側や町で持ちきりの噂だった。そのため令嬢たちも、ジェドへの見合いの申し入れを遠慮しているのだとか。

獣騎士団の副団長は、コーマック・ハイランドという男だ。

年齢は、ジェドと同じくらいだと聞いている。リズもチラリと遠目で見かけたことがあって、優等生美男子で、優しげな騎士様といった印象を受けた。

二人とも美しい男なので、並ぶと大層絵になるのだとか。

おかげで別館の女性職員たちの妄想力も爆発していた。

リズは非戦闘員の、しかも下っ端の新人なので、獣騎士団のトップである二人が一緒にいるところは見たことがない。でも団長のジェドが、顔を知っているコーマックと同じかそれ以上の美男子と言われたら納得もできる。

できる男同士の恋愛。田舎ではなかったことなので未知の世界だ。恋愛に性別や年齢は関係ないと思うので、一番そばにいた人と恋に落ちるのはあり……なのかもしれない。

「都会ってすごいわよねぇ……」

リズはとぼとぼ歩きながら、しみじみと改めて思った。

「副団長様、遠目で見た感じすごく優しそうな美形なのに、それでも優しい上司のランキングの二位なのよねぇ。それを押さえてランキングトップな、彼の恋人の団長様……ん？」

ふと気づいて、リズはしばしじっくりと考える。

「ずっと優しい上司ランキングトップ……それなら、クビにはならないかも」

そこが一番重要だ。もし書類を渡す際にへまをやってしまったら、その時は、今後覚えます次は絶対に間違えませんからと、必死に頼み込んでみよう。

そんなことを考えていると、気づけば一つの立派な扉の前にたどり着いていた。頑丈そうな高級木材に施された装飾は、いかにも軍らしく、威厳がありながらも品がよい印象だ。

その上級クラスの扉の造りを見た途端、獣騎士団長の執務室であることに緊張がぶり返した。

これまでのお使い先とはわけが違う。相手は貴族でもあり、国内で二番目の領土面積を誇るこの町の領主でもある人を思って、心臓がドクドクしすぎて過呼吸になりそうになった。

頭に酸素が回らない。緊張気味にすばやく深呼吸したリズは、扉をノックすることだけに気を取られてしまい、ついミスを犯してしまった。

「団長様、失礼いたします。別館の第三事務課の者ですが」

最初のコンタクトに必死になっていたせいで、室内からの応答を待って入室許可を確認するという、次の過程をうっかり飛ばしてリズは扉を押し開けた。

「このたびは団長様へ書類のお届け物で、す……」

扉を開けた途端、室内の様子が目に飛び込んできたリズは、その場でぽかんとして立ち止まった。

室内には、上官級の軍服に身を包んだ二人の男がいた。

エポーレットのついた、ベルトでしっかり締めるタイプの獣騎士の特徴的なロングジャケット。そこには上の階級であることを示すように、一般の獣騎士たちよりも装飾が多くある。

一人は顔を知っている副団長のコーマックだ。とすると、もう一人の方が〝団長様〟だろう。

獣騎士団長、ジェド・グレイソン。たしかに女性たちの噂通りの美しい男だった。キリリとした端整な顔立ち、夜空のような深い紺色の髪。

こちらを見た彼の目は、息をのむ程クッキリと際立つ鮮やかな青だ。

目が合った一瞬で、リズは射貫かれたように動けなくなってしまっていた。あまりにも美しいせいで、彼が睨みつけてくる表情と鋭い眼差しが、威力二割増しだったからだ。

団長の執務室には、団長と副団長の二人きりだった。彼らは仕事では上司と一番の部下であるし、それでなくとも恋人同士で会っていたと考えれば、なんら不思議な状況ではない。

――のだが、リズの目の前に広がっていた光景は違っていた。

「あ？」

こちらを睨みつけてくる団長が、そう険悪な低い声を上げた。正座姿勢でいる副団長が、彼に下僕のように片足で踏みつけられた状況で、助けを求めるような涙目を向けてくる。

おかしい。私が聞いていたのは、温厚で紳士で完璧な上司のはず……。

リズは、噂とまったく違っている団長を前に動けないでいた。どう見ても目の前にあるのは、自分の一番の部下を犬のように扱い叱りつけている、容赦のない鬼みたいな上司の姿だ。

正座をさせられている副団長の様子も気にはなるが、彼の肩を片足でギリギリと押さえつけている団長の方が、インパクトも大きかった。

室内には、ピリピリとした空気が漂っている。優しい上司同士で仕事について話し合っているだとか、恋愛のもつれゆえという空気感ではない。

リズは混乱が一周回って、ひとまず見なかったことにしようと決めた。彼が、魔王のように睨みつけてくるのが怖すぎる。

「すみません。部屋を間違えましたので退出いたしま――ひぇっ」

目の前の光景から、そっと目をそらして扉を閉めようとした直後、ガシリと腕を掴《つか》まれてしまった。

ハッと目を向けた途端、見目麗しいブチ切れ笑顔が目に飛び込んできた。すぐそこにいる彼が、美しい青い目でこちらを見下ろしている。

「なわけねぇだろ。逃がすかよ」

「ひぃい⁉」

口から漏れたリズのか細い悲鳴は、室内で正座中の副団長、コーマック・ハイランドの「ひぇえ」という細い声と重なって――パタンッと閉まった扉の内側に閉じ込められた。

一章　巻き込まれてモフモフ始まりました

対面した「理想の上司ナンバー1《ワン》」のジェドは、実は〝鬼〟だった。

その事実を隠している理由が、軍人領主として社交界での交渉ごとなども迅速・有利に働くよう算段があって好感度を維持している——という腹黒いものだったとか、聞きたくなかった。

それを別館の勤務二週間で知ってしまうなんて、不幸としか思えない。しかもリズから尋ねたわけでもないのに、目の前にいるジェドが自ら裏事情をどんどん喋ってくるのだ。

「貴族ってのは、結構面倒が多いんだよ」

ジェドは素の表情で、八つ当たりのごとく喋っている。

その前で正座させられているリズは、ガタガタしながら涙目で最悪な心境のド真ん中だった。こうやってどんどん教えられている状況も、かなり怖い。

「俺がここにいるのは、領民と部下と白獣のためだ。ぴーちくぱーちく、俺や領民のためにもならない話などに付き合っていられるか。ったくバカバカしい」

そこで、ようやく腹の虫がほんの少しばかりは落ち着いてくれたらしい。ジェドがいったん言葉を切って、視線を外してくれた。

「――チッ、想定外だ」

ぼそりと吐き捨てられた一言に、リズはビクリとする。

今、彼は書斎机に座って足を組んでいた。つい先程リズが持ってきた書類入りの茶封筒を、平気で尻の下に敷いて踏んでいる状況だった。

「まさかこのタイミングで見られるとはな」

仕事が忙しいタイミングでもあったのか、ジェドが苛々したように別の書類を指で叩く。

いえ、私こそ見たくなかったんです……。

愚痴るような彼の低い声を聞きながら、リズはますます涙目になった。二週間前まで田舎で平凡に暮らしていたのに、なぜこんなことに。

そう思いながら隣の「理想の上司ナンバー2《ツー》」を見やれば、同じく正座姿勢のコーマックの姿があった。この獣騎士団で二番目に偉い人のはずなのだが、もうあきらめきった捨て犬みたいに静かだった。

こうして正座させられてから、ずっと視線を合わせてくれないでいる。

その様子から、リズは自分が来たのが最悪なタイミングだったのだとわかって、余計に不安になった。

「あの、副団長様……？」

気になって、こっそり声をかけてみたが彼は視線を返してこない。

「団長様は、すごく怒っていらっしゃるようなのですが、どうして正座をさせられているのですか？」

「とある師団への応援要請で、合流に数分乗り遅れてしまいまして……」

「それだけで⁉」

鬼ですね、と続けて叫んでしまいそうになった言葉を慌ててのみ込んだ。そんな発言をしてしまったら、鬼上司を確実に怒らせてしまうだろう。

その時、ジェドの鋭い眼差しが不意にリズの方へ向いた。

「おい、お前」

「ひぃ⁉」

腰を上げた彼が、美麗な顔に険しい表情を浮かべてリズを覗《のぞ》き込む。切れ長の綺麗な目に、濃い紺色の髪がさらりとかかっていた。

「言っておくが、場合によっては数分の遅れが死傷者と国の損失にかかわる。俺たち獣騎士団へ出される応援要請は、騎獣による、どの部隊よりも迅速に駆けつけられるところにあるんだ。緊急の応援要請が出された際、速やかに意識を切り替えて行動できないようでは、獣騎士の威信にもかかわる」

「そ、そうなんですね」

各王国軍の諸事情を知らないリズは、近づけられた彼の綺麗な顔に気圧《けお》されながらも、理解しましたと伝えるように数回うなずいてみせた。

すると、彼が本題のようにこう切り出してきた。

「それで？」

「へ？」

「このまま働き続けるために記憶を物理的に飛ばされるのと、他言しないことを誓った上でクビになって強制的に遠い地へ飛ばされるのと、どっちがいい？」

ひぇぇぇえっ、なんてSな解決案方法！

リズは、ジェドの本気の目を見て震え上がった。けれど、これだけは伝えなければと、パニックの中、必死に言葉を絞り出した。

「あ、あの――ど、どどうかクビだけは勘弁してください」

ビクビク怯《おび》えながらも、涙目であわあわと伝えた。

ようやく見つけた就職先だ。たった二週間でクビになったと知ったら、列車を乗り継いで十日もかかる田舎に住む両親や村人たちも、次こそ卒倒するに違いない。

「で、できれば物理的に記憶を飛ばされるのも、なしで。あの、私、絶対に誰かに言ったりしませんから、お願いです」

リズは怯えて濡れた大きな赤紫色《グレープガーネット》の目で、ジェドを真っすぐ見つめ返して頼み込んだ。

するとジェドが、不意にしかめ面でじーっと観察してきた。きらびやかな宝石のような青い目を近づけられたリズは、戸惑いがちに首をすくめる。

副団長コーマックが、少し不思議そうな目をジェドに向ける。その視線を察知したジェドが、屈めていた背を起こして返事を待つリズに言った。

「――お前、名はなんという？」

今さら⁉

そもそも普通、正座させる前にそれだけでも確認するものなのでは……と思ったものの、リズは怖くてそんなことは言い返せなかった。

「えっと、私は、別館の第三事務課のリズ・エルマーです」

「第三事務課？　それにしては初めて見る顔だが」

そう彼が口にした時、正座中のコーマックが「あ」と声を上げた。

「団長。彼女は、もしや例の新人ではないでしょうか？」

「ああ、なるほどな。採用官のところに顔を出していた、獣騎士第三小隊長トナーの相棒獣が反応して、採用が決定したという変わり者か」

「え」

それ、いったいどういうこと？

リズが戸惑っている間にも、二人の男は納得した様子で会話を続ける。

「そういえば、あの後で確認しにいくのも忘れていたな」

「通報があった件で、いろいろと立て込んでいましたからね。たしか、予定外の採用決定だったために、急きょ第三事務課へ入れたと、別館長も口にしていましたよ。君がその新人さんだったんですねぇ」

コーマックがこちらを見て、敬語のままやわらかな雰囲気でそう言った。どうやら見た目の印象通りの穏やかな性格に加えて、礼儀正しい人でもあるようだ。

――そんなことよりも。

リズが気になったのは、初めて聞いた自分の採用経緯だった。

白獣が自分に反応したことが、採用された理由……？

　そこにびっくりしてしまって、二人を忙しく交互に見た。ふわふわとした癖のある彼女の桃色の髪が、動きに合わせて肩にやわらかくあたる。

「ええと、あの……、それはいったいどういうことなんですか？」

　リズは、優しそうなコーマックの方を見て尋ねた。

　するとその直後、目の前で偉そうにして立っているジェドが、コーマックが口を開くよりも早くこう答えてきた。

「つまり人間の採用官ではなく、珍しく白獣の方がお前を選んだそうだ」

　その声は少し苛々していて、「俺に聞け」と言わんばかりだった。

　手間を取らせてはいけないと思っての判断だったのに、失敗したらしい。リズは、おずおずとジェドに目線を戻した。

「その、それは、珍しいことだったりするんですか？」

　遠慮がちにそう問い返してみたら、彼がピリピリとした雰囲気をやや緩めて「そうだ」とうなずく。

「新人のお前が、こうして本館に使いに出されているのも、戦闘獣が選んだ経緯があるからだろう。普通、本館への使いは、危険を十分にわかって回避策も頭に入っているベテラン組がやることになっているからな」

「えっ、そうだったんですか⁉」

リズは、ジェドから告げられた事実に驚いた。先輩も上司も毎回『すまんがよろしく頼む！』と全力でお使いを押しつけてきていたからだ。

でも考えてみれば、みんな「助かった」みたいな顔をしていた気がする。そう思い返したリズは、困惑しながらもそこについては納得した。

「はぁ、なるほど……。つまり新人だからというわけではなくて、私なら恐らくは大丈夫だろうと考えて、しょっちゅうお使いに出されていたんですね」

でも、その〝大丈夫〟というのは、あくまで推測の域だ。本当に問題ないかどうかわからない状況なのに、自分にお使いを押しつけるのもどうかと、リズは思うのだけれど……。

そう考えていると、ジェドが相づちを打つ声が聞こえてきた。

「ああ。ベテランであっても、通い始めの数回は戦闘獣に近くまで来られているから、ここへは出入りしたがらな――」

そう言いかけたジェドが、不意に言葉を切る。

それを聞いていたコーマックが、同じく何かに気づかされたかのように「あ」と声を上げた。

どうかしたのだろうか。そう思ってリズがコーマックを見た時、彼女の目の前でジェドが片膝を折った。

「おい、お前」

「ひゃい⁉」

ずいっと唐突に美貌を近づけられて、リズは言葉を噛んでしまった。

「お前、ここで白獣と遭遇したことは？」

「へ？　いえ、まだありませんけど……」

遭遇していたら、もしかしたら今日のお使いには来られなかった可能性もある。そう思って質問に戸惑いつつ答えた。

すると、コーマックが隣から「一度も？」と確認してきた。

「たとえば君が初めて本館に入った際、遠目でも戦闘獣を見かけなかったんですか？　別館からこちらへ移動している時、様子を見にこられたりだとかも？」

「いいえ……？　そういうことはありませんでしたが」

リズは、不思議だというような表情をするコーマックを見て、いよいよ戸惑いが増した。

だって課の上司たちも、獣騎士たちのスケジュールをわかって自分をよこしているはずだ。そう思って言葉を続けようとした時、ジェドに遮られた。

「白獣は鼻だけでなく気配にも敏感だ。図体はデカいが、繊細で警戒心も強い。ましてや、地元民でもない遠い地から来た人間であれば、なおさら警戒して見にきてもおかしくはないはずだが」

そこで、彼は思案顔で言葉を切る。

リズは教えられた内容に目を丸くした。よそ者だと戦闘獣の方から見にこられるなんて、想像してもいなかったことだ。ここに勤めている人のほとんどは、地元か周辺地の出身とは聞いていたけれど……。

その時、ジェドの独り言のような声がリズの耳に入った。

「――考えてみれば、白獣がわざわざ採用書類をつっつくのも珍しい」

目を向けてみると、何やら彼が考え込んでいる。

「珍事だのなんだの騒がれていたが、春先に生まれた幼獣と密猟団の件でごたごたしていた。教育が終わって長らく相棒騎士と共にいる白獣は、とくに賢い――そうすると、予期せぬ採用の〝これ〟も、なんらかの意味があるというわけだよな？」

リズは、〝これ〟と言われたタイミングで、目の前に指先を向けられてビクッと目を見開く。

その大きな目にジェドが映っている。しばしリズをじっと見つめていた彼が、ふっと思い出したように正座中のコーマックに目を向けた。

「どう思う、コーマック？」

不思議そうに見守っていたコーマックは、不意に意見を求められ、ハッとして背筋を伸ばした。

「どう、と言われましても、これまで例がないこととしか……彼女の話からすると、獣騎士としてコンタクトを取られた様子でもないですし、かといって、非戦闘員として警戒されている様子でもない現状を考えると、やっぱり不思議です」

獣騎士であるのなら警戒されないが、非戦闘員であれば威嚇の反応をされる。普通は、そのどちらかの反応しかされないらしい。

それは上司や先輩からも聞かされた内容と同じだった。リズがそう思い返している隣で、コーマックがピシッとした正座姿勢で上司に言葉を続けた。

「白獣は基本的に獣騎士にしか懐きません。だから団員の数だって少ないですし、多忙の中でやりくりして、幼獣の世話にも時間を割いている状況であって――」

そう彼が意見を述べていた途中、不意にジェドの見目麗しい顔に、ニヤリと笑みが浮かんだ。

コーマックが、なんだか嫌な予感でも覚えたかのような顔で言葉を切った。ジェドが右手の指先で顎に触れ、思案する様子にリズも警戒心が煽られた。

なんだか悪巧みをするみたいな顔に見えるのは、気のせいかしら……。

リズは寒気を感じた。長年の付き合いがあるコーマックもまた、彼女と同じ何かを感じたような顔をしていた。

「コーマック。トナーの相棒獣は、たしかメスだったな？」

「え――あ、はい。そうです」

唐突に確認されたコーマックが、少し遅れて答える。

その回答を受けたジェドが、形のいい唇の端をニタリと引き上げた。

「なるほどな。密猟団の件も重なった中で、保護された幼獣の数も増えた。今週の世話係をメインで担当者していたトナーが『両方するのは大変だ』と口にしていたのを、あの相棒獣は聞いていた、と」

何やら考えがまとまったような表情を見て、コーマックが何かを察した様子で青くなった。

「あ、ろくなこと考えてなさそうな時の顔だ……」

そんな彼のつぶやきが聞こえて、なんだかリズも嫌な予感にかられた。

その時、ジェドに視線を向けられてビクッとした。

「俺としては、団員以外には知られたくなかった秘密をお前に見られた。言っておくが、これまでこんなへまをしたことは一度だってない」

「ひぇっ。あの、ど、どうか記憶を物理的に飛ばすだとか、とくにクビにするのだけは勘弁してください。私、なんでもしますし、誓って誰にも言いませんから！」

リズは、思わず涙目で懇願した。

すると、その台詞《せりふ》を待っていたと言わんばかりに、ジェドの美しい顔に不敵な笑みが浮かんだ。

「なら、取引といこうじゃないか」

「取引⁉」

その言い方も、ものすごく怖い。

怯えた目でリズが見つめていると、その視線を正面から真っすぐ受けたジェドがニヤリとして続ける。

「お前は職を失いたくない。俺は、これまでの努力が無駄にならないよう、本性を見てしまったお前を手元に置いて管理し――いや監視しておきたい」

今、この人『管理』って言ったあああ！

言いなおしてはいるけれど、リズにとってみれば〝管理〟も〝監視〟も同じことである。

もうヤだこの俺様上司、私はなんというタイミングの悪さで来てしまったの……そうリズが涙目で見つめていると、ジェドは続けて結論を言い渡してきた。

「本日この時点から、リズ・エルマーを本館勤務の獣騎士団・特別団員とし、幼獣の世話係に任命する」

リズは、すぐには声も出ないくらい驚いた。つまり私は、別館の第三事務課から異動して、軍人枠の所属に……？

「団長っ、お待ちください！」

その時、コーマックが正座を崩して膝を立て、声を上げた。

「そんなの無茶です。戦闘獣に指定されている白獣は、たとえ幼獣であったとしても僕ら騎士以外には懐きません。もし何かあったら——」

「その白獣の成体が、人間を採用する際に初めて意思表示をした。つまりは戦闘獣からのじきじきの指名による〝推薦〟だ」

異議を唱えようとしたコーマックの言葉を、ジェドが「正座に戻れ」と言わんばかりに手で制して遮る。

「そもそも、今回の採用の件が、世話疲れも重なった相棒騎士の苦労を思ってのことだとしたら、当の世話係なら問題なくいけるんじゃないか？　こうして本館に出入りしているというのに、どの獣騎士の相棒獣も様子見といった警戒反応さえしていない」

ジェドは、リズを任命した理由として、自身が推測したことを話した。

「普通、白獣は覚えのない匂いにより警戒する。別館勤務が浅い新入りならば、排除行動に出られてもおかしくない。それでも、こいつは無事だった。だから別館の上司たちも、大丈夫だと確信して本館に出入りさせていたんだろう」

「まぁ、そうでなければ、新人をよこしたりしないでしょうけれど……」

コーマックは、それでも渋る様子だった。

それを見たジェドが、一番の部下である副団長に続けてこう言った。

「俺の推測と勘に疑いを持つというのなら、まずは、お前の相棒獣ででも試してみればいいだろ。――あいにく、俺の相棒は長らく不在だからな」

後半、そうつぶやいた彼の視線が、ほんの少しだけ床へと落ちる。

物憂げなその表情を目にしたリズは、先輩たちから聞いた、ある説明を思い出した。

現在、獣騎士団の団長には相棒獣がいない。

グレイソン伯爵家は、昔からグレインベルトの地を治めている。白獣の一番の騎獣者としても知られている一族で、その中でもジェドの素質と才能はズバ抜けているらしい。

彼は、獣騎士として一番高い能力を備えている。おかげでその素質や才能に完全に応えられる白獣は、まだ見つかっていないのだとか。

白獣は、それぞれ潜在能力値が異なっている。教育によって知識や技術を向上させることはできても、引き出せる能力の限界には限りがあるという。

「たしかに、団長の言う通り、もしかしたら彼女なら大丈夫なのかもしれません」

リズがそんな事情を思い返していると、少し悩んでいた副団長のコーマックが、先に折れるようにして正座しなおしそう言った。

「扉の前に立たれた時、外で待機している僕の相棒獣が、警戒反応を示さなかったのも意外でした。おかげで入室されるまで気づけませんでしたし……こんなことは初めてですよ」

自身の考察も口にした彼が、ジェドの推測を今一度考えるように黙り込んだ。ジェドはコーマックを急《せ》かすことなく、次の言葉を静かに待っている。

リズは先程、獣騎士団第二位の彼を正座させていた光景を覚えていたから、不思議な気持ちになった。

それだけジェドが、コーマックに信頼を置いていることがわかった。きっと団長と副団長として、一緒になっていろいろと乗り越えてきた信頼もあるのだろう。

そう思っていると、ふとコーマックがうなずくのが見えた。

「わかりました。幼獣に会わせてみます」

「えっ」

そんな肯定の声が聞こえて、リズはびっくりした。この優しい人であれば自分の味方をして、てっきり断ってくれると思っていたからだ。

だって戦闘獣は、かなり大型の肉食種だ。幼くても犬や猫と違ってそんなに小さくはないらしいとは、勤務初日の注意事項で聞かされてもいた。

「ま、待ってください副団長様。幼獣でも、牙があったりするんですよねっ？」

「ああ、大丈夫ですよ。まだミルクを混ぜたやわらかいごはんしか食べられない時期の幼獣たちなので、牙の先は丸くなっているんです」

コーマックが、安心させるように笑顔を向けてきた。嘘をつけない素直な性格なのか、どこか心配する気配も滲《にじ》んでいて、リズはたまらず尋ね返した。

「副団長様、お願いしますハッキリおっしゃってください。歯の先端部分が丸くても、まったく無害と副団長様は考えていないんでしょう？」

つい涙声になる。

正座をやや崩したリズに、涙目で迫られた彼が、「うっ」と言葉を詰まらせた。

「白獣は戦闘獣に指定されているくらいの種でして……その、幼くても力が強いです。ですので、本気を出すと、人間の指くらい噛みちぎることはできます」

「噛み、ちぎる……」

「あの、ですが安心してください。もし少しでも危ないと察したら、その時点で僕が止めますから。その時には、僕の相棒獣にも出てきてもらいます」

リズの顔色が青いのを見て、コーマックが慌ててそう励ました。

そうなった場合は、恐らく世話係から外されて、何か別の仕事をあてがわれることになるのだろう。

その場しのぎの嘘をつけないコーマックは、信頼できるし頼り甲斐もあるいい人だと思う。けれど試すにしてはリスクが高く、素直に安心することはできなかった。

獣騎士以外には、牙をむくという白獣。

リズは獣騎士ではない。そんな危険な思いをさせてまで監視下に置きたいらしいジェドへ、彼女は最後の頼みをするかのような心境で声をかけた。

「団長様、すみません。私、途中になってる書類作業もありますし――」

「コーマック、今すぐこいつと一緒に、別館の第三事務課に行って手続きをしてこい。荷物を移動したら、速やかに幼獣舎に案内して仕事内容を説明してやれ」

ああダメだこの人、初めっから私の話を聞く気ない……！

自分の獣騎士団への異動が決定してしまった。その事実を前に、リズは「不幸すぎる」と涙目になった。

立ち上がったコーマックが、手続きについてジェドと話しだした。対照的な気性だけれど、どちらも長身で美しい男性とあって、並ぶとそのイケメンっぷりがいっそう目立った。

団長と副団長が一緒にいる光景。ふと、そう気づいてあることを思い出したリズは、頭の中もいっぱいいっぱいになっていたから、失礼にも尋ねた。

「そういえば、お二人が恋人同士というのは……」

恐る恐る口にしてみたら、話し合っていた二人の目がリズへと向いた。

直後、遅れて質問内容を察したコーマックが、はぁと深いため息をつきながら額を押さえた。

「そのことですか……」

呻《うめ》くような声でつぶやいたコーマックは、頭痛でも覚えているみたいな表情をしていた。リズが「もしや」と言った途端、ジェドが「ふん」と鼻を鳴らして手っ取り早く自ら回答してきた。

「そんなわけあるか。俺にとっては都合がいいから、その勝手な噂も放っておいている。ついでに全団員にも『知らぬふりをしろ』と指示しているだけだ」

「えぇっ。それは、あまりにも副団長様がかわいそうなのでは……」

だって、その噂が〝事実だ〟と思い込まれている間は、獣騎士団で二位の美男子な彼なのに、恋人の一人もできないのではないだろうか？

そう思ってリズが目を向けると、コーマックは深いため息と共にうなだれた。

「まさにその通りですね……おかげで、僕に恋人がいたことはありません」

声に出されなかったリズの質問を察したかのように、彼は弱々しい声で答える。そちらについては、すでにあきらめきっているようで、そっと視線をそらす様子にも悲壮感が漂っていた。

ジェドはグレイソン伯爵でもあるので、恐らくは見合いでも受け付ければ縁談話には困らないのだろう。しかし、貴族ではないコーマックにとっては、今後の結婚について考えるなら今が大事な時期ともいえる。

「……なんか、すごくかわいそうです」

「……女性に正面から言われたのは、初めてです」

余計にダメージを食らってしまったのか、コーマックが顔を手で押さえた。心の中のつぶやきを声に出してしまったと気づいたリズは、慌てて立ち上がった。

「ご、ごめんなさい副団長様」

申し訳ないと反省を込めて、そう急ぎ謝った。そんな心優しい繊細なコーマックに対して、ニヤニヤしているジェドは鬼だと思った。

「さて、コーマック、今すぐこいつと一緒に手続きをしにいってこい。俺は忙しいんだ、前回の遅刻の件を挽回しろ」

そうしてリズは、コーマックと共に部屋から追い払われてしまったのだった。

◆§◆§◆

別館は、獣騎士団の敷地内にある非戦闘員の施設だ。本館とは高い壁で隔てられており、戦闘獣と遭遇しないよう内部でしっかりと区切られている。

その別館勤務だったリズが、本館勤務へと移る。

唐突な異動命令による獣騎士団入りは、別館の職員たちにかなり驚かれた。しかし誰もがリズの採用理由を知っていたようで、程なく納得するような空気に変わったのだった。

リズは手続きと挨拶を済ませた後、コーマックに連れられて別館を後にすべく歩き出した。

館内の廊下を進んでいると、職員たちからチラチラ向けられる視線を感じた。

獣騎士副団長と新入りが、一緒に歩いている姿は目立つのかもしれない。横を盗み見れば、背筋がピンと伸びた長身のコーマックが歩いている。

優しげで端整な顔立ち、癖のないさらりとした髪。鍛えられて引き締まった体は、軍人らしい武骨さはなく、気品すらあふれてすらりとしていた。

リズは、そんなコーマックの美しい容姿を改めて見つめ、ドキドキ――ではなく、同情心から「うっ」と涙腺を緩めてしまった。

「団長様と同じ二十八歳なのに、まだ恋人候補もいないだなんて」

「――リズさん。リズさんすみません、また口に出ています」

別館から出たところで、思わずリズが涙ぐんで口にする。コーマックは別館の窓から向けられている女性たちの熱い視線の中、前を向いたまま、あきらめたような笑顔でそうささやき返した。

先程、ジェドの執務室から出た後で、リズとコーマックは歩きながら自己紹介をし合った。その際にコーマックは、敬語口調は癖のようなものなのだと、リズに教えてくれていた。

なんて礼儀正しく誠実な人なのか。しかも今、本館の宿泊部屋に引っ越すリズの少ない荷物も持ってくれているのだ。

地位もあって、結婚適齢期で性格も素敵。なのに、いまだ恋人候補の一人もいない彼の現状を考えると、リズの同情もガツンと倍増するのである。

「そもそも副団長様は、どうして〝団長様と恋人同士かも〟なんていう噂を放っておいているんですか？」

「その話をここで蒸し返しますか……。リズさんって案外、結構ガツガツ言ってきますね」

向けられている同情の視線を受け止めたコーマックが、打ち解けた様子で名前を呼んで「実は」と、別館の職員には秘密にされていることを話しだした。

「その噂がチラホラ聞かれ始めた頃、断るには少々面倒なところから、団長に政略結婚の話が出ていたんですよ」

「それは、グレイソン伯爵として……？」

「はい。グレイソン伯爵家は、〝白獣に認められた領主〟としても有名でして。その面倒な貴族の家からの見合いの申し入れをきっかけに、他の上級貴族らからも、ウチの娘はどうかと、令嬢との縁談話が次から次へと団長に届いたんです」

当時を思い返したのか、彼の右腕でもあるコーマックがため息で言葉を切る。リズは察して、先程とは違う同情の目で彼を見上げた。

「なんだか貴族って、……その、大変なんですね」

「国内で二番の領土を持つ伯爵という立場でもありますからね。せめて婚約だけでもして欲しいという貴族側の事情も、わからなくもないのですが、団長には相棒獣も不在でしたので婚約させるわけにもいかなくって」

コーマックは、当時の苦労がうかがえる声で説明しながら、本館と別館の境にある鉄の門をくぐって、本館側の敷地の中へと進んだ。

「僕らにとっても、団長に少しでも早く相棒獣を見つけてもらうことが望ましかったんです。だから噂を利用する件で団長から指示を受けた時、その時間を確保していただくためにも、嘘の噂を流して、あまり社交界へ引っ張り出されないようにする必要もあって……それで団員全員で口裏を合わせたんです」

しかし、獣騎士団で明確な虚偽行為を働けば、罰せられる可能性がある。だからコーマックたちは、一時、噂は本当だと勘違いさせるように振る舞ったのだという。

その結果、女性たちは見事に信じ込んでくれた。

それが、あっという間に社交界へと伝わって今に至る——というわけだ。

おかげで縁談話は落ち着いているらしい。ここ数年、ジェドも獣騎士団長として集中できてはいるが、時間の問題だろう、とも彼は心労の滲む声で語った。

「令嬢たちと違って、他の貴族たちから言わせれば〝女性の恋人の存在がない〟のはチャンスです。陛下は相棒獣不在というご事情を察してくれていますが、……立場上、早く妻を迎え入れて後継者をと望む声も多いのです」

「あの、すみません副団長様。一つよろしいでしょうか？」

そこで、リズは小さく手を上げて質問した。

「どうして相棒獣がいないことが、婚約をするしないに関わってくるんですか？」

相棒獣がいなかったとしても、貴族として婚約することには、なんら支障はない気がした。

リズが不思議そうに見つめていると、コーマックが困ったように笑った。

「獣騎士が結婚する時は、相棒獣に伴侶を受け入れてもらう必要もあるんですよ。団長くらい強いクラスの獣騎士となると、相棒獣を見つけるのも相当難しくて……もし、後でようやく決まった相棒獣が伴侶を嫌がったとしたら、落ち着かせるまでにまたいろいろと時間もかかってしまったりするんです」

軽く語った彼のやわらかな苦笑から、獣騎士なりに複雑な事情も多々あることを感じた。

もし相棒獣が伴侶を受け入れてくれなかったら？とは、リズも軽い気持ちでは尋ねられなかった。大変なんだなぁと、王国軍でも注目されている精鋭部隊を思った。

今日付で本館へと異動になったリズは、自室として、東側の一室を借してもらえることになった。

女性の利用がない軍人施設だけに、その部屋は仮眠室のようにこざっぱりしている。

「他の騎士たちも、休日は自宅で寝泊まりしている者がほとんどです。別館の寮とは違い、住居用ではなく連続勤務用の宿泊部屋なので……本当は、町にきちんとした住まいがあるのが望ましいのですが」

「……すみません。お給料貯めてから、どうにか考えます」

リズは、消え入りそうな声でそう答えた。

実は、別館の寮に入る際にも、似たようなことを言われていた。本来は、どちらも一時的な寝泊まりの場所であるらしい。

だが、ここへ来るまでの旅費で、貯金はほぼ全部飛んでしまっていたのだ。

部屋を借りるとなると、保証人がないと入居料も割増しになる。グレインベルトの町に到着した時、自分の考えが安易だったのを知った。

思い返したリズは、こぢんまりとした部屋の中央に佇んだまま、泣きそうになって顔に腕を押しあてた。

「都会って、なんでこんなに家賃も高いんですか……私、来た時に不動産の広告を見て、ほんと、ひ、ひっくり返りそうに……うぅっ」

突然泣きだしたリズを見て、コーマックが途端におろおろとした。

「なんかすみません、いろいろと苦しい事情があったんですね」

「私、ずっと田舎暮らしだったから、金額が桁《けた》違いでびっくりしたんです。ほんと物価が全部高ぐって、食べ物だけが良心的な価格なのが唯一の救い……これで食べ物まで高かったら、私、給料が入るまでほんとヤバかったんです」

だから、それもあってクビになったら困るのだ。せめて帰るまでの列車代諸々を含めた旅費を稼がないと、両親や村人たちとの再会も叶わないだろう。

そう思うと余計に泣けてきた。すると、言葉も続かなくなったリズをねぎらうように、優しい美声が降ってきた。

「ええと、必要なら、僕が保証人になりますからっ」

「……副団長様、それ、騙《だま》されやすい人がよく言う台詞です。私が言うのもなんですが、あなたが心配になってきます」

リズは顔に腕を押しつけたまま、くぐもった声でそう言った。

「初めて会った人をすぐ信用しちゃダメなんですよ、副団長様」

コーマックのことが心配になってそう告げたのだが、彼は「大袈裟《おおげさ》ですよ」と困ったように笑って、リズの顔からそっと彼女の腕をどかした。

「ほら、どうか泣きやんでください」

軍服のジャケットから、彼があたり前のように綺麗に折り畳まれたハンカチを出してきて涙を拭ってくる。

「ハンカチを持ってる男性なんて、初めて見ました……」

「また大袈裟な発言ですね」

リズは、故郷の風景を思い返して「本当なんですけど……」と続けて言った。しかし彼は冗談だと思ったのか、慣れたように彼女の涙をすべて拭った。

「じゃあ、幼獣舎へ行きましょうか。大丈夫です、僕がいますから」

ハンカチをポケットへとしまったコーマックが、リズを部屋の外へ促す。優しく手を引いてくれる彼からは、本当にとてもいい人なのが伝わってきて――。

「……じゃあ、何かあったら、その時はお世話になります」

彼の存在に励まされ、リズは幼獣たちに会う決心をした。


宿泊部屋のある別棟の建物を出たリズは、コーマックに案内されながら幼獣舎へと向かった。

本館の裏手へと回り、建物を背にして広い芝生を進む。

サクサクと二人分の足音が聞こえていた。ふと、そよぐ春風に誘われて目を向けると、別館側とは違って広々とした本館側の敷地が見えた。

「世話係の仕事は、幼獣たちの健やかな成長のために、できる限りのお世話することです」

そんな優しげな声が聞こえてきて、リズは隣を歩くコーマックを見た。すると彼が、面倒見のいい性格を感じさせる、優しげな目で見つめ返してきた。

「そして、最も大事なことは――守ってあげることです」

「守る？」

「そうです。幼獣たちは、大人の白獣に比べると弱く、自分たちの力だけでは大きくなることはできません。ですから、彼らのパパやママになったつもりで成長を見守り、彼らが育っていくためのお手伝いをするんです」

にこっとしてそう言われ、リズは「ああ、たしかに」と思った。森の害獣を追い払うための犬たちや村の牛なども、自分たちの手で大切に育ててきたから。

「一日に三回は、ミルクでやわらかくしたご飯をあげます。もっと欲しがるようであれば、調子を見ながら回数や量を増やしていただいても問題ありません。足りずにおなかを空かせている状態の方が問題ですから」

成長期なので、よく食べる時期もあれば、食事量が少なくなる時期もある。

そんな日々の成長をしっかりと追って対応していくためにも、本来なら専任の担当者がいた方がいい。

だが、獣騎士たちも、仕事や自分の相棒獣の世話などもあって日々多忙だ。毎日、各担当者でつけている成長日記で、育児情報を共有して世話にあたっている。

だから、もしリズが専任の担当者になれるのであれば、かなり望ましい状況であるという。

「その方が幼獣の成長にもいいですし、団員たちも安心して大賛成で喜ぶと思います。成長日記は世話係のリズさんの物として、部屋に持ち帰っていいですよ。毎日、日記をつけるのもお仕事の一つです。必要があれば、内容を確認させてもらいますから」

コーマックは、まるで専任が決定したかのように話を進めていく。

リズは業務の説明を聞きながら、幼獣たちとの初対面を思って不安になった。それって、ガブリとされなかったらの話なのでは……と思った。

そんな不安を抱えて歩き進んでいると、本館裏手の窓からは確認できるという幼獣舎が見えてきた。

「あれが幼獣舎になります。床には、吸熱タイプのやわらかいチップを敷いてあるのですが、担当者が汚れてきたと判断したら交換となります」

コーマックが、指を向けてそう教えてくる。

戦闘獣たちが出入りしている本館の建物と同じく、少しずつ近づいてくる幼獣舎から獣臭さは感じなかった。かなり珍しい魔力保有種ということが、見た目や雰囲気の品格だけでなく、匂いにまで関わっていたりするのだろうか？

「トイレの世話は必要ですか？」

リズは、親から離れている幼獣ということもあって、村での動物の仔の飼育経験から確認してみた。

するとコーマックが、察したように親しげに目を細めて答えてきた。

「いいえ。賢い子たちですから、大人の白獣が一度教えただけでトイレも覚えてくれました。幼獣舎の奥に戸口付きのトイレ場がありまして。その他の必要な物や、ご飯の材料が置かれている場所と調理場は、後でご案内しますね」

「はい、ありがとうございます。お風呂は入れてあげるんですか？」

「あ……実は、まだ水が苦手な年頃でして……。自分たちである程度はなめて綺麗にしまうのですが、食後は濡れたタオルで拭ってあげる必要があります」

ぎこちなく視線をそらしていった彼の様子から、ミルクをたっぷり吸ったご飯を口の周りにべったりとつけた幼獣たちの姿――がリズの頭に浮かんだ。

体を綺麗になめる習性があって、水が苦手。白獣は狼の姿にかなり近いのだが、そう聞くと、まるで猫の子みたいだと思った。

「でも、少し意外でした。戦闘獣なので、幼い時はやんちゃなのかなと思っていたのですけれど、幼獣ってとても静かなんですね。鳴き声も全然しないですし」

リズが指摘すると、コーマックがパッと幼獣舎の方へ目を向けた。

「いえ、普段そういうことはないのですが」

彼は言いながら、確認するようにして真っすぐ見つめる。幼獣舎の方はとても静かだった。不思議がっている彼と共に、建物へと小走りで向かったリズは、そこで幼獣たちの気配に気づいて「びゃっ」と小さな声を上げてしまった。

木で作られた壁状の柵に、幼獣たちが詰め寄って一心にリズを観察していた。ぎゅうぎゅう詰めになった幼獣たちの体毛が、下の方で白くもこもこと動いている。

ウェルキンス王国で、唯一の戦闘獣「白獣」。

雪のような白い体を持ち、美しい紫色《バイオレット》の目をしている獣。

近くで見たその瞳の色は、グレインベルトへ来るまでに聞いていた通り、国産の最高級宝石〝クイーンダイヤのバイオレット〟を思わせる程綺麗だった。

ふわふわとした体毛は優雅で、幼い白獣の彼らは——きゅるんっとした大きな目をしていた。まるで好奇心に満ちているかのようにキラキラしている。

「かわいい……」

リズは、ぽそりとつぶやいてしまった。

どの子もすでに小型犬程の体格はあるものの、凛々《りり》しい大人の白獣と違って、全体的にふわもこで丸っとしていて足も短い。おかげで戦闘獣の幼獣であるという怖さが、リズの頭からスコーンッと抜け落ちてしまった。

幼獣舎の壁越しの、予期せぬ初対面。

二人の沈黙を前にしても、幼獣たちは警戒するでも威嚇するでもなく、引き続き好奇心に目を輝かせている。

「えぇと……、恐らくは興味があって集まっているんだと思います」

想像していた反応とまるで違うと言いたげに、やや拍子抜けしていたコーマックが呆然と声を出す。

「リズさん、あの、普段はこんな静かでもないんですよ。こうやっておとなしく集まって待っている、なんてしない子たちと言いますか……」

コーマックは、説明しながらも珍事に出くわしたかのように首をひねっている。リズはその間も、幼獣たちにじーっと見上げられ続けていた。

これ、どうしたらいいの。私、目を離してもいいの？

リズは困惑した。ひたすら彼らと目を合わせている状況に、ぎこちなく身じろぎしてコーマックを手で呼んだ。

「……えっと、副団長様？　この状況って、私がロックオンされているわけではない、んですよね……？」

これから、この中に入らなければならない。念のためそう確認したら、コーマックが弾かれたように顔を上げ、まだ動けないでいるリズに合図した。

「大丈夫です。敵意はありません」

「本当ですか……？　あの、白獣って獣騎士だけにしか懐かないと言いますし、歯の先っぽが丸くてもバクンッといかれちゃったら——」


「中に入る前に怖いことを考えるのをやめましょうっ」

幼獣から目をそらした途端、リズは不安が見る見るうちによみがえってきた。慌てたコーマックが、涙目になった彼女の正面に回って手振りを交えて説得する。

「僕の相棒獣もリズさんに反応していませんから、きっと大丈夫です！」

そこで、リズはハタと気づかされた。

「そういえば、副団長様の相棒獣ってどちらに……？」

問われた彼が、このタイミングで教えていいものか悩んだ後、リズに少し後退するよう促すと、幼獣舎の横あたりを指差して答えた。

「リズさんが怯えないように、アチラに」

その指の方向を目で追ったリズは、幼獣舎の影から顔を覗かせている大人版白獣に気づいて「ひぇ」と細い声が漏れた。

近くで見てみると、想像していたよりもはるかに大きかった。同じ地面に立ち並んだとしたら、背の部分は優にリズの肩に届くくらいはあるだろう。

すっかり硬直してしまっていると、コーマックが幼獣舎の扉を開いた。

「僕と〝彼〟がついていますので」

そう言われて促されたリズは、緊張しつつも中へと入った。何かあっては大変だと、コーマックも少しピリッとした空気をまとってリズの後に続く。

恐る恐る足を踏み入れた幼獣舎の床は、チップが敷かれていてやわらかな踏み心地だった。

木の屋根までは三メートル程の高さがあって、壁は全体的に光や風が通るように格子状の隙間が作られている。そこには雨が降った際の、内窓の役割を果たすらしい物も見えた。

リズが室内を見回していると、入り口の壁際に詰め寄っていた幼獣たちが、一斉にこちらを向いた。

特徴的な白い体、バイオレットの美しい色をした目。尻尾や四肢などどれも短く、成獣と違って全体的にふわふわとした丸みのシルエットが愛くるしい。

丸みのある耳も、くりくりとした愛嬌のある目も、白獣であることを忘れてしまうくらいにかわいい。

そんな幼獣たちが、じーっとリズを見続けてくる。おかげでリズは、進まないうちにその場から動けなくなってしまっていた。

「……え、と……こんにちは？」

賢いと聞いていたので、ひとまずは敵ではないことをアピールしようと思って、小さな仕草を交えて挨拶してみた。

と、不意に幼獣たちの紫の目が、キラキランッと輝いた。

「え」

もしかして拒絶反応？　これってロックオンされているとか、そういう状況なのだろうか――そうリズがこわばった直後、

「みゅーっ、みゃみゃ！」

まるで仔猫のような、大変愛らしい鳴き声が幼獣舎内に響き渡った。

それは、たった一声で拍子抜けしてしまいくらい、リズが考えていた〝白獣の子〟の想像とだいぶ違っていた。

けれど考える余裕もなかった。そんな明るくて人懐っこい声を出したかと思ったら、幼獣たちが一斉に飛びかかってきたのだ。

「ふぎゃっ」

見た目よりも力強くて、あっという間に仰向けに押し倒されてしまっていた。

幼獣たちが、みんなでリズの顔をなめ始めた。遊んでと言わんばかりの勢いで匂いを嗅いだり、自分の頭やら体やらをぐりぐりと押しつけてきたり、もうとにかく大騒ぎだった。

何が起こっているのかわからない。幼獣たちの下に埋もれたリズは、はしゃぐ彼らの動きがくすぐったくて、顔中をなめられて目も開けられなかった。

彼らの体重は軽くて、ふわふわの体毛は想像以上にやわらかい。一緒くたにのられているせいで、上質な羽毛みたいな温かさに包まれていた。

「ちょ、もうストップ！　なめるのダメ——あっ」

呆《ほう》けていた副団長コーマックが、不意に上がったあやしげな声を聞いて、ハタと我に返った。

リズのスカートの中に、数頭の幼獣がぐいぐいと頭を突っ込んでいる。阻止しようと必死に押さえている彼女のスカートからは、白い太ももが見えていた。

「やめなさい君たちっ」

コーマックが慌てて助けに入り、幼獣たちからリズを救って立ち上がらせた。

「すみません、リズさん。少し驚いてしまって、助けるのが遅れました」

「いえ、こ、こちらこそ、すみません」

顔中なめられていたリズは、「けほっ」と小さく咳き込みつつスカートを下ろした。

コーマックがハンカチを差し出してきたので、ありがたく思って受け取った。

顔を拭っている間も、下で幼獣たちが賑やかに騒いでいた。リズのスカートをぽふぽふと前足で叩き、「みゃー」やら「みょー」やら「みゅー」やらと、しきりに鳴いている。

「あの、すごい力で突進されたのですが……」

一通り顔の水分を拭ったところで、リズは意外と力のある幼獣たちを見下ろした。

「もしや私は、『お呼びじゃないっ』と言われた感じなのでしょうか……？」

「いえ、驚くことにすごく歓迎されています。ウチの団員以外では初めてですよ。ただ、その、なんというか……好奇心が旺盛な年頃でして」

なんだか言いづらそうに視線をそらしていく。

言葉を濁されたのがわかったリズは、「もしや」と察した。足元で幼獣たちが騒がしくしている中、視線を合わせてくれないでいるコーマックに尋ねた。

「……つまり、私、出会ってすぐ遊び相手か、それ以下の認定をこの子たちにされたということでしょうか……？」

「……そういうこと、になりますね」

ぎこちなく答えたコーマックが、視線をさらに向こうにそらして「でもそれだけ無警戒ということですから」と一応はフォローする。

たしかに、幼獣たちに拒絶されていないのはいいことだろう。獣騎士ではないからといった諸々の心配については、今のところ考えなくてもよさそうだ。

とはいえ、ちっとも収まりそうにない下の騒ぎようには不安を覚える。

「……あの、明日からは、私が一人で世話をしなくちゃいけないんですよね？」

これからのことを考えると、すごく心配である。まるで遊び相手が来たとでもいうように、先程からずっと足にふわふわアタックを続けている幼獣も数頭いた。

この状態で、うまくやっていける自信がない。

先程、好き勝手もみくちゃにされた光景が脳裏によみがえった。たった一人で対応できるのか不安に考えていると、コーマックが気遣うようにして見てきた。

「一応、僕らも訓練や業務の合間に顔を出すようにはしますから」

先程と違って、励ます彼の笑顔はだいぶやわらかい。恐らくは、白獣に拒絶されるかもしれないという一番の懸念が去ってくれたせいだろう。

今や幼獣たちが群がっているだけでなく、いつの間にか彼の相棒獣までそばにきて平気そうに匂いを嗅いでもいた。他でもなく、白獣がリズへの警戒心を解いているという証拠である。

どうやら自分は、獣騎士ではないのに白獣に受け入れられているらしい。

大きな戦闘獣が手の届く位置にいる状況に慣れなくて、リズは心の中で泣きながら思った。やっぱり成獣は、足が震えそうになるくらいとても大きかった。

「それじゃあ、世話係の仕事について説明しますね」

そもそもなぜ、白獣は自分の採用を決めたのだろうかと考えていると、コーマックと相棒獣が息ぴったりのタイミングでリズを見てきた。

「はい、がんばります……」

彼女はもう、そう答えるしかなかった。

◆§◆§◆

一緒に幼獣たちの世話を行いながら、必要な場所などの説明も受けた後、リズはコーマックに連れられて、本館勤務の獣騎士たちへ挨拶に回った。

コーマックが言っていた通り、幼獣の世話係になったと伝えたら騎士たちに大変歓迎された。彼らはすごく気さくで、リズの入団を珍しがりつつも喜んだ。

「トナーの相棒獣が選んだって言ってたから、いつかウチにくるかもなぁって冗談で話してたんだけどさ――ああ、トナーはこいつな」

「はじめまして。それから、これが今日から君専用になる日記帳」

「団長たち、バタバタしてて君が採用されたことも忘れていたみたいだったし、まさか自然な流れでこっちに来るとは思わなかったわ。あははは」

私の入団が決まったのは、〝不運な遭遇〟があったからなんですよ……。

リズは、ジェドとの初対面のシーンを思い出した。コーマックが正座中の現場だったとも言えず、本人がそっと目をそらした隣で黙っていた。

その後、日記帳を手渡した獣騎士トナーが、指導役を引き受けて幼獣舎での残りの業務に一緒にあたってくれた。彼の班の数人も付き合ってくれて、リズは二日かけて世話係の一日の業務をすべて教えてもらった。

その翌日から、リズ一人での本格的な幼獣の世話が始まった。

朝一番に獣舎にある調理場に行き、幼獣用のミルクご飯を作る。それから幼獣舎へ行き、夜間は閉められている雨戸を開けて空気の入れ替え。

起き出した幼獣たちが食事をしている間に、トイレや寝床の清掃。食事が終わった彼らの顔を濡れタオルで綺麗にして、食後の睡眠を兼ねて日光浴をさせながらブラッシング。

　ご飯皿やタオルを洗い、使ったブラシや調理道具もきちんとメンテナンス。幼獣たちが爆睡中の時には、途中で世話の記録をつけるのも忘れない――。

　リズは、すべての段取りを覚えるまでは、獣騎士たちにチェックしてもらうつもりで詳細に記した。なぜなら、与えられた仕事は一生懸命こなしたい。

「リズちゃん、一人でやりだしてからも結構よくできていると思うけど、毎日こんなに細かく記録をつけ続けているとか、真面目すぎない？」

「俺ら、ちょっとミスしたくらいで怒ったりしないよ」

「さすが第三事務課。マメな仕事っぷりだよなぁ」

「これは普通です。事務課出身とか、関係ありません」

　そもそも、あそこにはたった二週間しかいなかった。基本的な業務と流れをようやく覚えた頃で、申請書類や計算書類の作成など、複雑な事務処理については第一段階を習っている最中だったのだ。

　世話を始めて三日目のお昼過ぎ、リズは獣舎の調理場にいた。真剣な表情で幼獣たちの食事の片づけにあたっている。

またしても幼獣たちにじゃれられて、彼女の服はしわだらけだった。彼らに乱された髪もそのままだ。そこには、様子見で立ち寄った獣騎士たちの姿もある。

「それに私は、生きている幼い子たちを任されているんですから！」

仕事があるのは素晴らしい。すでに早々に疲労もピークに達していたが、リズはそれをはねのける熱意で意気込んだ。

サボリ中の獣騎士たちが、リラックスモードで姿勢を楽に彼女を眺めながら「お～、頼もしい」と称賛を贈る。

「ですから、いるついでに今日の午前中の記録チェックをお願いします！」

「ははは。俺らの存在が『ついで』扱いなのもウケる」

「女の子一人、騎士団に放り込まれてるのに物怖じしないよなぁ」

リズだって、住んでいた場所に軍の施設などなかったし、ここに来るまでは騎士に少し苦手意識だってあったのだ。

だが、初めて会った時のジェドが怖すぎた。その後でコーマックの相棒獣に間近までこられた体験よりも、〝物理的に記憶を飛ばす〟やら〝クビ〟やらと脅してきた彼の方がやっぱり圧倒的に怖くて――。

これは不慣れな場所だとか思っている場合じゃない。ここでがんばらないと、故郷に帰れないかもしれない。

そう考えたら、男性しかいない職場も気にならなくなった。それに鬼上司のジェドに比べれば、他の獣騎士たちは気さくでよき先輩たちである。

「俺らをまったく意識していないとはいえ、髪くらいはちょっと直した方が――」

「大丈夫です。もとから私の髪は癖毛で、整えてもくるっとなりますし、ボサボサになってもごまかせるちょうどいい長さなんで！」

「リズちゃん、それ笑顔で言っちゃいけないよ」

「うわぁ、たぶんこれ疲れてるよ」

「リズちゃんがここに来るまでに、どんな田舎暮らしを送っていたのか、超気になってきた」

獣騎士の一人が、あわわと口に手をやった。

どんな田舎暮らしだったかといえば、ブタ鳥に追いかけられたり羊の群れに遭遇したり、何もないところで転んで犬を怒らせたり、いろいろだ。

だから髪を腰まで長く伸ばして、おしゃれするなんて考えたことがない。

考えてみると、今より忙しかったかもしれない。そうリズが思い返していると、副団長のコーマックが走って調理場に飛び込んできた。

「いや君ら仕事してくださいよ！」

彼は開口一番そう叫ぶと、ビシッと向こうの建物を指して続けた。

「ここ、本館の団長の部屋から丸見えなんですっ」

そうコーマックが青い顔で叱る。彼と同じく、団長の素を知っている男たちは、真顔になった後――「どうにか団長に言い訳しておいてください！」と言い逃《のが》れて、一瞬で仕事に戻っていった。

それから、一日、また一日と、目まぐるしく過ぎていった。

初めてのことばかりで、バタバタしている間に日が経っていく。それでも変わらず獣騎士たちは、仕事の合間を見つけては幼獣舎に様子を見にきてくれた。

コーマックと共にアドバイスをくれる彼らは、幼獣舎へ足を運ぶたび、リズに対する幼獣の懐き具合を珍しがっていた。

世話を始めて五日目、コーマックに教えられてようやくリズも実感した。

どうやら幼獣たちは、自分に懐いてくれているらしい。少し下に見られてしょっちゅう飛びかかってくるものの、その一方では、言うことを聞いてくれている感じもあった。

　これは危ないからダメだと伝えると、用具を片づけるまでおとなしく待っていてくれたりする。散歩の際も、きちんとリズの後ろをついてくるのだった。

「先日までは、トナーたちやその相棒獣のサポートがないと大変だったでしょう？　でもこうやって今、散歩でついてくるのは、彼らがリズさんを親みたいに思って認めている証拠なんですよ」

　正午の散歩を見にきてくれたコーマックが、隣をゆっくり歩きながらそう言った。

　今日まで忙しく日が過ぎてしまっていたから、そんなこと考える暇もなかった。リズはハタと、敷地内の芝生を散歩中の幼獣たちへ目を向けた。

「親……そう、ですね。そういえば私から離れなくなりました」

　すると視線を察した幼獣たちが、一斉に素直な目をリズへ向けた。小さな丸い耳をピンと立てて、次は何をするのと指示待ちするような表情をする。

　リズは、胸に温かいものが込み上げるのを感じた。

　つい涙腺が緩んでしまったら、幼獣たちが不思議そうに首をかしげた。大きくてつぶらな紫色《バイオレット》の瞳にリズを映したまま、とても楽しげに「みゅーっ」「みゃうん！」と元気よく鳴いた。

　コーマックが、途端に「ふふっ」と優しげな笑みをこぼした。

「ほら。僕が隣にいても、彼らはもうリズさんしか見ていません」

じゃれてくる幼獣たちを見て、普段から他の獣騎士たちも「彼らが楽しく過ごせているのは悪いことではない」と言っていた。

ああ、そういうことだったのか――今になって気づいた。

幼獣たちは自分を警戒していないだけでなく、当初からそれくらい信用して懐いてくれているのだ。そうして今は〝ママ〟みたいに信頼してくれている。

不器用ながら、もっとがんばろうとリズは思った。


その翌日、六日目。

リズが来ると、幼獣たちは彼女のそばにいたがるようになっていた。その日も「一緒に」と身ぶりで誘っては運動がてらの散歩を満喫し、気ままなお昼寝などリズにねだった。

なんだか、本当にママになった気分だった。

彼らへの愛情が日増しに深まっているのを実感したリズは、専任として持てる限りの時間を使って甘えさせようと付き合った。

けれど昼食の時間、一頭の幼獣が突然元気をなくした。ミルクでやわらかくしたご飯を食べ始めて数分、ご飯皿の前で尻をついてじっとしてしまったのだ。

「あれ？　もしかして、体調が悪いのかしら……？」

いつもならミルクご飯をいっぱい食べる子なのにと、リズは心配した。

すると、不意に幼獣が「うっぷ」と短い前足で口を押さえた。そんな人間っぽい仕草も気にならないくらい、リズは気が動転した。

「まさか嘔吐《おうと》⁉」

初めての事態に慌てた時、幼獣が小さくぶるりと震えて、前足を下ろした。

「げふっ」

開放されたその口から、煙と共に一瞬ぶわっと火が出た。

リズは手を伸ばしかけた姿勢で、「え」と目を丸くした。他の幼獣たちも熱を感じたのか、食べるのをストップしてまん丸の目をその子に向ける。

数秒、幼獣舎に沈黙が漂った。

「えっ……、うえええええええ⁉」

リズは驚きの叫びを上げると、その幼獣を胸に抱えて幼獣舎を飛び出した。ふわふわで腕が埋まるような抱き心地だけれど、ずっしりとしている。

リズは、そのまま一番近い演習場に駆け込んだ。

そこには、軍馬に負けない獣的な圧迫感を放つ、大きくて立派な相棒獣を連れた数人の騎士たちがいた。彼らはすぐに気づいて、リズへと目を向けてきた。

「リズちゃんじゃん。こっちまで来るなんて珍しいねー」

「幼獣を抱えて、そんなに慌ててどうした？」

リズは、すぐそこにいる数頭の大きな相棒獣たちを意識する余裕もなかった。駆け寄ると、ふわっふわな幼獣を両手で持って、パッと獣騎士たちに見せた。

「こっ、こここの子が火を吐いちゃったんです！」

「火？　本物の？」

急ぎ伝えたものの、獣騎士たちはきょとんとしている。

リズは、自分の説明がうまくできていないのだと思った。もしかしたら一分一秒を争う事態なのかもしれないと焦って、必死に続けた。

「そうです本物です煙まで出てました！　もしかして白獣特有の病気だったりするんでしょうか？　私の世話の仕方が悪くて、嘔吐したんでしょうか⁉」

もう心配すぎて、頭の中はパニックでリズは涙目になっていた。

大人の白獣たちが、察した顔で彼女から幼獣へと視線を移した。突然〝非戦闘員〟がやって来たにもかかわらず落ち着いている。

そんな自分たちの相棒獣を、獣騎士たちが「へぇ」と見やった。

「やっぱ、獣騎士じゃないのにリズちゃんは平気なんだなぁ」

ぽつりとつぶやいた一人が、泣きそうになっているリズへ視線を戻して、小さな苦笑をもらした。

「リズちゃん、大丈夫だって。病気じゃないから心配しなくていい。幼獣は体内の魔力が成長中で、その過剰分を吐いただけだから」

「ま、りょく……？」

「ははは、マジ泣き三秒前って顔だなぁ」

「ただの〝魔力吐き〟だよ。幼獣の能力値や性質によって、火やら強風やらと、その内容は変わってくるけど、成長過程で普通にあることなんだ」

「そうそう、だから慌てる必要はどこにもないんだって」

獣騎士たちが、和やかに教えてくる。

リズは、幼獣を前に出した姿勢のまま数秒固まった。確認すべく目を合わせてみると、幼獣がすっかり調子の戻った様子で「みゅん！」と元気よく鳴いた。

「……つまり、げっぷ、みたいな？」

「うん。そうだね。幼獣にとっては〝ただのげっぷ〟みたいなものさ。健やかに成長している証《あかし》でもあるから、歓迎される症状でもある」

そう親切に教えられた途端、緊張感があっという間に解けていった。リズは込み上げた安堵感に「ああ」と吐息を漏らし、幼獣をぎゅっと抱きしめた。

「なぁんだ、ただのげっぷかぁ。本当によかった！」

「みゃう、みゅみゅーっ」

「ふふっ、元気に成長中なのねぇ」

リズの先程までの気も知らず、幼獣がうれしそうにぺろぺろと顔をなめた。普段よりも上機嫌で、どこかスッキリとした様子でもあった。

「ええ、そうね。戻ったら、たくさんご飯を食べましょうね」

いつもよく食べる子だ。きっと「早く戻ってご飯を食べたい」と言っている気もして、リズは幼獣に向かって笑顔でそうつぶやいた。

その様子を見ていた獣騎士たちが、やれやれとひとまず安心したように息を吐いた。

「リズちゃん、すっかり〝ママ〟だな～」

「白獣の方から推薦があって、採用が決まっただけあるわ」

「こいつらも、急にリズが飛び込んできても安心しきっているしな」

彼らは話しながら、自分たちの相棒獣を振り返った。大人の白獣たちは優しい表情で、その美しい紫色《バイオレット》の瞳にリズと幼獣を映していた。

※※※

リズが、幼獣の件で獣騎士たちと合流する少し前。

廊下を歩いていたジェドは、彼女が走っていく姿に気づいて窓の前で足を止めた。

毎日、どこかで何かしらパタパタしているリズを見かけていた。今朝も執務室から、リズがタオルを抱えて幼獣舎へ走っていく姿を見たばかりだ。

またしてもその姿を見つけた彼は、今度はなんだと思って彼女の走っていく様子を目で追った。

彼女が向かった先は、演習場だった。いったい何をしているのか、幼獣を抱えて一人で騒いでいる。

しかし、その後すぐ、リズが安堵した様子で幼獣をぎゅっと抱きしめた。そして、そこにいるジェドの部下や相棒獣たちは、穏やかな空気に包まれている。

初めてだらけの仕事だ。普通だったら、戸惑うことも多いはずだろう。

それなのに、彼女は毎日楽しそうに取り組んでいる。

リズが幼獣の世話係を始めた日、その様子を執務室の窓から見かけた。それからというもの、ジェドはそこから見える場所で彼女が仕事をする時間に合わせて、コーヒー休憩を取るようになった。

そんなジェドの行動の変化は、これまでになかったことだった。一部の部下に不思議がられて、先日コーマックが皆を代表するかのように聞いてきたくらいだ。

『団長、もしやどこか具合が悪かったりしますか？　あの、団長は相棒獣がいない中であっても、ずっと多忙で動き回っていた人なので――』

『別に調子はどこも悪くない。少しでも休憩を挟めと言ったのは、お前だろう』

副隊長のコーマックだけではない。似たようなニュアンスの質問なら、一昨日《おととい》も、その前も別の誰かにされたような気がする。

そう記憶をたどっていたところで、ふと聞き慣れた男の声が耳に入ってきた。

「なんだか楽しそうですね」

それは、片腕に書類を抱えたトナーだった。

一瞬、ジェドはリズのことを言っているのかと思いかけた。しかし、窓の向こうに気づいていない彼を見て、自分に言われているのだと察した。

「俺が、楽しそう？」

「団長って、普段は仕事の鬼ですけど、ここ最近は合間の休憩を取ったり落ち着いているというか。なんだか雰囲気もやわらかいですし、もしかしたら何か仕事以外に楽しめていることがあるのかなって」

リズが来てからは、たしかにそうかもしれない。

そう思ったものの素直に答えるはずもなく、ジェドは追い払うように片手を振ってみせた。

「それこそ、休憩の効果でそう見えるんじゃないか？」

適当に返事をして、早々にトナーをその場から立ち去らせた。

再び窓の向こうへと視線を戻すと、そこにはまだ彼女がいた。指導責任者であるコーマックもいつの間にか加わり、みんなで親しげに話している。

そんな彼女を目で追いながら、ジェドは出会った日のことを思い返した。

あの時、執務室の外にはコーマックの相棒獣がいた。だからすっかり油断していたのだ。

扉がノックされた直後、入ってきたのは獣騎士の人間ではなかった。応答もしていなかったジェドは、彼女の突然の入室にも驚いた。

けれどそれ以上に、真っすぐ向けられた彼女の瞳に目を奪われた。

長年親しんできた白獣の瞳の色に近かったせいだろうか。彼女のみずみずしく澄んだ赤紫色《グレープガーネット》の瞳に目が留まった瞬間、自分がどうしてコーマックを叱っていたのか忘れた程だ。

見れば見る程、深い色合いが不思議な輝きを宿す綺麗な目だと、ジェドは思った。

誰もが打算や畏敬の念を持った眼差しでジェドを見てくるというのに、彼女のそれには微塵《みじん》もその気配がなくて――。

ただただ、その人や物を純真な心で見つめてくるような、大きくてとても澄んだ瞳だった。

春を思わせるようなやわらかな髪が、胸のあたりで緩くカールしてふわりと揺れていた。控えめな性格を思わせる小さな唇と、素直そうな目元。

一際目立つというわけではないけれど、かわいらしい顔立ちで愛嬌がある。

表情も豊かで、どうやら感情も素直に顔に出すタイプのようだ。困った顔や泣きそうな顔をしたのなら、男たちは放っておかないだろう。

あの日、執務室に引き込んだ際に掴んだ手や、コーマックと共に部屋から出る際の危うい足元から、軍人に比べると圧倒的に運動神経が鈍いことも察することができた。

獣騎士団での仕事は、彼女にとって慣れないことだらけで大変なはずだ。

それでも彼女は一生懸命がんばって、いっさいめげることはない。

それが余計に彼の目を引いているのか。

気づけばジェドは、彼女の姿を捜しては目で追うようになっていた。毎日、彼女に関する報告を部下から聞くのを、楽しみにしている自分もいる。

ここ数日の自分を振り返ってみると、ジェド自身、先程のトナーの言葉を認めざるを得ないだろう。

ジェドは演習場のリズたちを眺めながら、考えを終えてそう思った。こうして遠目から見ていると、もう一つ湧き起こるのは、出会った当初からずっと抱いている思いだった。

くるくると素直に感情が変わる少し臆病な彼女の瞳を、間近で見て、自分のためだけに紡がれるその声を聞きたい。

その時、ジェドは幼なじみでもあるコーマックが、リズや部下の前でうなだれているのを見て小さく笑みをこぼした。

「ふっ。コーマックは、また何かドジでも踏んだか」

実のところ、コーマックは社交や人づき合いを少し苦手としている。他人になかなか警戒心を解かない彼が、ああやってリズが加わった中でも自然体で過ごせているのは悪くない。

どうやらリズは、幼獣と共に彼を励まそうと考えたようだ。でも女性にあまり免疫のない彼には、逆効果の言葉を言ってしまったらしい。

その途端に部下たちが、噴き出すのをこらえるように口を手で塞ぐのが見えた。コーマックは、よほど恥ずかしかったのか両手で顔を覆っている。

「あの表情からすると、また必死に謝っているのか」

彼女が涙目で何やら言っている様子に、ジェドは我知らずつぶやいた。ぎゅっと抱きしめられた幼獣が、すっかり安心しきってきょとんとしている。

本当に素直な娘だ。思ったことが、全部表情に出ている。

「……例の密猟の件の会議がなければ、今日も幼獣舎に足を運べたんだがな」

そうすれば、またあの瞳を近くから見られて、彼女の声を聞けた。

そう考えたところで、ジェドはふと我に返る。こうして彼女の動向を把握して毎日見守っているのは、獣騎士団に引き込んだのが自分であるせいだ。

さすがに非戦闘員の彼女に、部下たちのような危険や無茶はさせられない。

――それなのに。

あの大きな赤紫色《グレープガーネット》の目を近くから見て、優しい声を聞きたいと自分が思っているだなんて、気のせいだろう。

「明日、スケジュールの空きを見つけて、直接様子を見にいけばいいか」

ジェドはそう結論づけると、その場を後にした。

※※※

その翌日も、よく晴れた春の青空が広がった。

初めはどうなることだろうと思ったが、気づけば幼獣たちの専任になってから一週間が過ぎていた。

リズは、幼獣の世話係の毎日の仕事にも慣れてきたのを感じている。この日は、日課の中でも最も大変な午前中の仕事も、予定より数十分早く終わった。

「結構、このお仕事っていいかもしれない」

おかげで丁寧に昼食の準備にもあたることができた。その後の片づけも順調に終え、今は幼獣たちのお昼寝タイムに付き合っているところである。

幼獣舎の前の芝生の上で、白いもふもふとした彼らが好き勝手に眠っていた。両足を伸ばして座るリズのスカートの上にも、数頭の幼獣がのったり寄りかかったりしている。

ふわふわな幼獣たちが触れているところから、じんわりと熱が伝わってきてかなり温かい。ああ、日差しもポカポカだ。このまま眠ってしまいそう……。

思わず目を閉じてしまった時、不意にある声が耳に入った。

「――おい。そこで堂々と寝るようなら、減給するぞ」

半ば横になりかけてしまっていたリズは、ハッとして起き上がった。寄りかかっていた幼獣たちが、スカートからずり落ちて芝生の上へころんっと転がった。それでもすっかり安心しきって、ぐーぐー眠ったままだ。

目を向けてみると、そこには獣騎士団長ジェドの姿があった。同性でも見惚れてしまうと思われる美貌をした彼が、鮮やかな青い目でこちらを見下ろしている。

「……また、来てる……」

リズは、目が合った途端に動けなくなってしまった。初めて会った時の強烈な印象から、苦手意識もあって口が引きつりそうになる。

こうして世話係の仕事が始まってから、副団長や他の騎士たちだけでなく、たまにジェドも、唐突に一人でリズの様子を見にきていた。

きちんと軍服を着込んでいるところを見ると、仕事の合間に足を運んできている感じはあった。

恐らく今回もまた、これといってとくに用件はないのだろう。彼はいつも何かを命令するでもなく、少し喋って帰っていくのだ。

『秘密を知ったお前を手元に置いて管理し――いや監視しておきたい』

たぶん、監視しているんだろうなぁ……。

リズは、この仕事に引きずり込まれることになった、あの日の台詞を思い返して推測した。

こうしてこの都会に暮らすようになってから、町の方でも女性たちが話題にしているのを耳にもしていた。別館の女性を含め、彼女たちは全員、どこだろうが熱く語るくらい〝騎士同士の恋〟に夢中である。

今になって考えると、彼が秘密にしておきたいという本性については、自分に知られたくらいでは危ぶまれない気がしてきた。

彼は別館で働く女性たちからも人気だ。ここに来たばかりのリズの意見なんて、誰も聞かないだろうというくらい〝団長と副団長の恋仲説〟は白熱している。

そうすると、リズに対する本人じきじきの〝監視〟も、必要ないのでは……？

コーマックから真相を聞かされて、いろいろと事情があることもわかった。リズとしても、約束を破るつもりなんて毛頭ない。

「なんだ、上司の俺が来たら悪いのか？」

「えっ。そんなことはありません」

ジェドの声でハッとして、リズは慌ててそう否定した。

そこで再び目が合った途端、彼がフッと優越感漂う笑みを浮かべた。その視線が動いて、膝の上で我が物顔で眠っている幼獣に向けられる。

「一番偉い上司が、不慣れな新人を気遣って、わざわざ様子を見にきてやっているのを悪く思う部下はいないよな？　幼獣に格下認定されている〝リズ・エルマー〟」

「……そ、うですね。悪く思うわけないじゃないですか、はは、は……」

リズは、愛想笑いを返す口元が引きつりそうになった。

この嫌みったらしい言い方は、どうにかならないのだろうか。なんだか単に小馬鹿にしたくて見にきているだけのような気も……あれ？

それだと本来の目的は違っていて、監視が二の次ということになる。

もしや本当に、ただ来ているだけだったりするのだろうか？

そう推測してリズは困惑した。すると視線を離したタイミングで、不意に彼の方からつまらなそうなため息が聞こえてきた。

「隣、座るぞ」

直後、そんな声が降ってきたかと思ったら、ジェドが幼獣を横にずらしてスペースを空け、腰を下ろした。

びっくりして隣を見ると、体温を感じる程の近い距離に彼がいる。スカートの一部が彼の尻に踏まれてしまっていて、そこに留められている気がした。

「えっと、なんですか……？」

どうして座ったのと思って、リズは赤紫色《グレープガーネット》の目を丸くして尋ねる。

「隣が空いていたから座った。ちょうど暖も取れる、俺も少し休ませろ」

言いながら、彼が横になった。頭の後ろに腕を組んで目を閉じると、近くにいた幼獣が、もふもふの白い体をころんっと転がして彼のそばに寄った。

スカートを踏まれて動けないリズは、「えぇえ……」と戸惑った。自分で幼獣をどかしたのに、空いていたから座っただなんて強引な言い分だ。

突然来たくせに、彼は少し仮眠を取ると言わんばかりの態度である。

いつも少し立ち話をするくらいだったから、まさか居座られるとは思っていなかった。これは想定外の展開だ。でも、リズにだって段取りというものがあるのだ。

「あの、すみません団長様。ええと、そこにじっといられると、ちょっと」

『ちょっと』、というのはいったいなんだ?』

上から覗き込んだら、彼がパチリと目を開けてリズを見つめ返してきた。

日差しの下で見てみると、とても澄んでいて美しい青い色の瞳だ。目に飛び込んできた一瞬で心が奪われ、その瞳に吸い込まれそうで言葉が出てこない。

ジェドは心の奥まで見透かしてしまいそうなその目で、リズを見つめる。

「突然幼獣たちの昼寝に加わられても困るから、どいて欲しいってことか？　俺だって仕事で疲れているんだ。どんなに対策を講じても、山の密猟者は次から次へと出てくるしな」

半ば愚痴のように言った彼が、再び目を閉じた。

対策やら密猟やら、いきなり言われてもよくわからない。でも、ここ数日は頻繁に外出していたようだったから、ジェドの多忙ぶりには気づいてもいた。

彼は鬼みたいな上司だけど、仕事の苦労を口に出すのは見たことがなかった。もしかしたら、本当はこうして少しの時間でも体を休ませたいと思う程、ジェドも疲れているのかもしれない。

先日、コーマックも、少し忙しい事情があるのだと話していた。その際、『団長は普段からあまり休憩を取らないので、体を壊さないか心配だ』とも口にしていたのを覚えている。

『相棒獣がいたのなら、魔力を分けてもらえるので回復も早いのですが……』

『そんな効果もあるんですか？』

『はい。僕ら獣騎士は、王国軍の中で、一人ずつの戦力値や持久力が最も高い部隊、としても知られています。それは相棒獣と一緒に〝怪我も疲労も癒やし合って〟いるからなんです』

獣騎士は、相棒獣がいて完全なる最強戦士となる。そうして相棒獣もまた、自分の獣騎士がいてこそ、本来の魔力保有種としての力を発揮する。

リズは、これまで軍とは無縁の遠い田舎の地で暮らしてきた。騎士や白獣にもなじみがない彼女には、それらの関係がとても不思議なものに思えた。

――あなたには私が、私にはあなたが必要。

コーマックとのやりとりを思い返したところで、ふと、リズの頭にそんな言葉が浮かんだ。

相棒獣は、獣騎士にとって体の一部のような存在。それくらいなくてはならない大切な〝相棒〟なのだとしたら、ジェドはどうなのだろう？

もしかしたら相棒が欠けている状態は、寂しいことだったりするのだろうか。そう考えると、コーマックたちがどこか彼を気にかけているのもわかる気がした。

疲れているのなら、ひとまず少しでも休んでもらおう。

リズは、しばらくジェドを、そのままそっとしておいてあげることにした。彼と幼獣たちの眠りを邪魔しないように、一人空を見上げる。

頭上には、のどかで静かな青がどこまでも続いていた。

ああ、なんて澄んだ青空だろう。そう思った時、膝の上にいた幼獣が耳をピクピクッとするのを感じた。もぞもぞと動くのを見守っていると、目覚めないままふわふわの体を丸めなおす。

「ふふっ、何か夢でも見ているかしらね」

リズはぽんぽんと、膝の上にいる幼獣をあやすようになでる。再び深く寝入った幼獣から、気持ちよさそうに『ぐるる』と喉を慣らす感触が手に伝わってきた途端、胸に温かい気持ちが込み上げた。

本当に、ママになった気分だ。

リズは心地よくて、少しだけ目を閉じた。胸にじんわりと広がる温かい気持ちのまま、数日前から彼らに聞かせている子守歌を口ずさんでいた。

それは幼い頃、母親がよくリズに歌って聞かせてくれていたものだった。昼寝時に歌って聞かせていて、幼獣たちもこの歌を気に入ってくれていた。

しばらく、歌いながら幼獣をなでていると――不意に手を取られた。

「そいつらだけというのも、不公平だな」

唐突にそんな声が耳に飛び込んできて、ハッと目を開けた。

直前まで眠っていたはずのジェドの大きな手が、幼獣をなでていたリズの手をすっぽり包み込んでいる。彼は口元に少し笑みを浮かべて、びっくりしているリズを見つめた。

「こうして俺が隣で眠っているというのに、幼獣だけがお前の全部を独占しているなんて贅沢だな」

「え？」

そのまま手を軽く引き寄せられた。いったいなんだろうと思っていると、なんとジェドが、すり、と頬ずりしてきてリズはいっそう驚いた。

彼の体温と肌触りを、手の甲や指先に感じた。まるでゆっくりとなでられるような感触に、わけもわからずドキドキしてくる。

「そんなに気持ちよさそうにされていたら、うらやましくなる」

頬ずりしながらそう口にする彼の唇が、今にも手に触れてきそうで。

そんなことを言われて、リズはいよいよわけがわからなくなった。ジェドの美しい青い目が、至近距離で自分の手を見ていることに、どうしてかとても胸が高鳴って緊張した。

とても恥ずかしいものを見せつけられているような気分になった。かすった彼の唇のやわらかさを手の甲に感じた瞬間、リズは思わず目を伏せてしまっていた。

すると、不意にジェドの動きが止まった。

「目を伏せるな」

唐突に言われて、ドキリとした。

「こっちを見ろ」

「な、なんですか」

リズはうつむいたまま、戸惑いがちに答えた。経験のない恥ずかしさに頬を熱くしていると、こっちを見ろというようにジェドに手を引かれた。

「お前の目が見えないからだ」

目……？　どういう意味だろう。

妙な回答だと思いながら、リズは恐る恐る彼を見た。

近い距離で目が合った。ジェドは、何も言わないでじっとリズを見つめる。寝起きでガードが解かれているのか、普段と違って、珍しくリラックスしているみたいに感じた。

なんだか怖くもないし、こうして見ていても緊張を感じない。それは今まで彼を前にして起こらなかった感情で、ジェドの言葉を待つリズは、目を丸くしてパチパチと瞬きした。

「団長様……？　もしかして、少し寝ぼけておられますか？」

思わず首をかしげると、リズの春色の髪がぱさりと胸の前に落ちた。

その時、彼女の膝の上で眠っていた幼獣が「みゅー」と寝言を言った。その気の抜ける愛らしい声に、二人の間に漂っていた妙な空気が払拭される。

しばし間を置いて、冗談だとでも伝えるようにジェドがニヤリとした。それはリズが見慣れた、あの意地悪で悪巧みをするような笑みだった。

「意外と触り心地のいい手だ。幼獣が気に入るのもわからんでもない」

言いながら、彼がするりと手を離していく。

恐らく、ジェドはリズが動揺するとわかっていてやったのだろう。自分の容姿が美しいことを自覚して精神攻撃してくるなんて反対っ！と、リズは思った。

「もうっ、団長様は寝ていてください！」

幼獣たちを起こしてしまわないよう、しっかり声を抑えつつ伝えた。

恥ずかしがるのを見られたことも悔しい。そのままリズは「もう団長様なんて知りませんっ」と伝えるように、ぷいっと顔をそむけた。

少し面白そうにジェドが「ふうん」とつぶやく。頭の後ろに腕を組みなおした彼の顔は、どこか満足そうで——。

結局その後、彼は短い休憩の間ずっと、リズが感情を隠すことなく怒ったり恥ずかしがったり、百面相している様子を見て楽しんでいたのだった。

二章　大きなモフモフ、到来

世話係に就任してから、一週間と少しが経った。

最近は、幼獣たちもリズの言うことを素直に聞くようにもなっていた。散歩の際、強い力で押されて芝生に体をぴたーんっとやるのも少なくなっている。

「ふふっ、なんだか少しずつ成長している気がするなぁ」

毎日の体重測定の記録から、彼らの体のサイズが変わっていないのはわかっている。でも以前あった〝成長期中のげっぷ〟を他の数頭の子も見せていて、どうやら体内では魔力の方も順調に育っているらしい。

本来、白獣は自分で魔力操作ができない種族だ。今は体が小さいため、一時容量を超えた魔力が吐き出されているだけで、大人になると魔力漏れが起こることもいっさいなくなるのだという。

その体内の魔力成長が関係しているのだろうか。

ここ数日は、ミルクご飯の量も約二倍になっている。朝食後も物足りなさそうだったので、つい先程も追加で作って持ってきたのだった。

「さて。お口を綺麗にしましょうか」

白いふわふわとした幼獣たちの食べっぷりを観察していたリズは、その場に腰を下ろし、「おいでおいで」と一頭ずつ呼び寄せる。

自分のもとにやって来た幼獣を膝の上にのせると、やわらかい濡れタオルで丁寧に顔を拭ってやる。そのそばで、他の幼獣たちが順番待ちして座っていた。

「偉いわねぇ。さ、次はあなたよ」

「みゅー！」

続いての子に手を伸ばしたら、元気よく腕の中に飛び込んできてくれた。

最近は本当に聞きわけがいい。以前は大騒ぎでリズをもみくちゃにしたものだったが、慌てなくともきちんと自分たちの順番は回ってくると学習してくれているようだ。

一番好きなのはブラッシング。それに次いで、こうして顔を濡れたタオルで拭かれるのも好きみたいだ。だから世話を始めたばかりの頃は殺到されたらしい。

待って座っている彼らの尻尾が、ふわふわと楽しげに揺れている。少し前までを思い返していたリズは、それに目を留めて大変癒やされた。

「はぁ……本当にかわいい」

このミニサイズの白獣が、あの大きくて凛々しい戦闘獣になるなんて想像がつかない。獣騎士たちの話によると、三段階の成長期ごとに、一気に大きさも変わってくるのだとか。

「来年の春には、戦闘獣デビューだなんて想像できないわねぇ」

「みょん！」

「ふふっ、声だってこんなにかわい……ん？　そういえば、あなたたちってたしか肉食獣なんじゃ」

幼獣を両手で抱いて眺めたリズは、今さらのように疑問に思う。

その時、持ち上げられていた白いもふもふ幼獣が、うれしそうに「みゃう！」と鳴いた。やっぱりその一声は、肉食獣っぽくはなくて――。

「――うん。ま、いいか」

たぶん、人間で言うところの変声期とか、そういうのもあるんだろう。幼い間は性別が出てこない珍しい種族でもあるので、定かではないけれど。

幼獣たちの顔を綺麗にした後、リズは食後の胃を休ませるため彼らを眠らせた。

「よし。今が片づけのチャンスね」

世話にすっかり慣れた彼女は、手際よく次の作業へと移る。続いて使用したタオルと皿を洗うため、いったん、幼獣舎を出て本館の裏にある獣舎と合同の水場へと向かった。

たどり着いたところで、早速洗い物を始めるべく荷物を下に置いた。袖をまくろうとした時、ふと、何か騒いでいる気配を遠くに感じて動きを止めた。

「何かしら……？」

コーマックやトナーたち獣騎士の声もしたような？

そう思って、リズは音のする方を何気なく振り返った。しかし直後、前触れもなく警戒心が急上昇してピキリと固まった。

そこには、これまで見たこともない大きな白獣がいた。

普段見かけている相棒獣よりも、恐らく一回りは大きいだろう。知性的な他の白獣と様子が違っているのは、リズの目にもあきらかだった。

野生なのだろうか。それは恐ろしい爪で地面をえぐりながら、騎士たちの所で暴れていて――不意に、その白獣がギラリと目を向けてきた。

「え。嘘」

バッチリ目が合ってしまい、思わず引きつった声が出た。すると、その野生と思われる凶暴そうな獣が、そのまま勢いよく方向転換するのが見えた。

向かう先は、真っすぐリズのいる方向だ。

気づいたリズは、慌ててスカートをたくし上げて走った。逃げながら後方を確認すると、みんなより一回りも大きいその白獣が暴走して追ってくる。

「なんなのこれ、いったい何がどうなってるの⁉」

その白獣の凶暴な爪が、芝生を容赦なくえぐっているのが見えて、リズは「ひぇぇ」と細い声をこぼした。

その白獣の後ろには、小さく獣騎士たち見えた。「くそっ、自分から来やがったくせになんて暴れ白獣なんだ！」「暴走した！」「止めろ！」と騒いでいる声が聞こえてくる。

そこから一部拾えた内容から、どうやら来たばかりの野生だとわかった。その上凶暴化しているとしたら……と考えたリズは、さーっと血の気が引くの感じた。

そもそも戦闘獣に指定されている白獣は、獣騎士以外には懐かない。

リズはそれを思い出してゾッとした。自分は〝ここに所属している白獣〟に採用を決められたようだが、しょせんはただの非戦闘員で――。

自分は、そもそも獣騎士ではない。

そうだとすると、今の状況は最悪だ。野生の白獣にとっては攻撃対象である。とにかく逃げきらなければと思って、リズは全力で走っていた。

その時、後ろから、獣の低いうなり声よりも大きな一喝が響いた。

「リズ！」

そう、ありったけの力で、自分の名を呼ぶジェドの声が聞こえた。どうやら獣騎士たちと一緒にいたらしい。

リズが覚えている限り、彼がそうやって名前を呼んできたのは初めてだった。こちらの名を叫ばなければならない程、緊迫した状況なのだ。

つまりコレは、追いつかれたら、ほぼ確実にバクリとされてしまう事態だ。

リズは、振り返れないまま必死に走った。地面をえぐる足音と獣の吐息が、だんだん近づいてきている現状に「ひぇ」とまた声が漏れる
「どうしよう私の足じゃ絶対に逃げきれな――うわっ」

直後、前へと出した次の一歩が、ツンッと引っかかった。

自分がつまずいたのだと気づいた時には、体のバランスが崩れていて背中に悪寒が走った。そもそも芝生の上に、凸凹《でこぼこ》なんてものもなかったはずで。

なんでこんな時に限って何もないところでつまずくのおおお⁉

けれど、そんな声を出す間もなかった。気づいた時には、リズは頭から派手に芝生へ突っ込んで転倒してしまっていた。

直後、後ろから、緊迫感も半ば吹き飛んだような獣騎士たちの「うわー」「これは痛い」「顔からいったぞ」「マジかよ」という声が聞こえてきた。

だが、今はそれを気にしていられるような状況でもない。

リズは、ハッと上体を起こして振り返った。

すぐそこまで暴れ白獣が来ていた。大きな口を開くのが見えた途端、込み上げた恐怖から四肢の力が抜けてしまって、へたりと座り込んで動けなくなる。

ああ、もうダメだ。

そう思って涙目で息をのんだ時、その白獣が不意に四肢を踏ん張って急ブレーキをかけた。ギロリとリズを見下ろしたかと思うと――そのまま〝お座り〟をした。

「ふんっ」

凶暴なその白獣が、気に食わなそうに鼻を鳴らす。

リズは、自分の前で「お座りのポーズ」を続ける暴れ白獣を呆然と見上げていた。

その頭の位置は、見たことのあるどの白獣と比べても、やっぱりとても高くて。風に波打つ優雅な純白の毛並みは美しい。大きな体と威圧感のせいか、目つきはかなり鋭い印象もあるが、一目でオスとわかる程に凛々しくもあった。

その瞳は他の白獣と同じく、とても美しい紫色《バイオレット》だった。

近くで見ると、日差しに透けて煌々《こうこう》と輝いて見える。見開いたリズの赤紫色《グレープガーネット》の目に、見下ろす獣のそんな目元までが映っていた。

ああ、やっぱり宝石みたいだ。

何がどうなっているのかわからない状況で、そんな感想が浮かぶ。

すると、その白獣が、リズの匂いを確かめるように鼻先を寄せてきた。いったいなんだろうと思っていると、直後、大きな舌でべろんっと顔をなめられてしまった。

「は……？　なめ……え？　なめられた？」

直前まで死ぬかもしれないと思っていたリズは、呆気にとられた。転倒の際に打ちつけていた額に、獣的な生温かさと、ざらざらとした舌触りを感じた。

「……これは、いったい……？」

ひとまず噛まれる心配はないみたいだった。緊張感が一気に抜けて、放心状態になる。すると今度は、疲労感が一気に込み上げてきた。

大きなその白獣を前に、しばらく動けないでいると、その暴れ白獣の到着に続いて騎士たちが駆けつけてきた。

そこにはジェドだけでなく、コーマックの姿もあった。彼らもどこか呆気にとられている様子で、駆け寄ってきたというように声もかけずに見つめてくる。

リズは沈黙に耐えかねて、戸惑いつつも「あの」とぎこちなく声を出した。

「これは……えっと、どういうことなのでしょうか？」

目の前にいる不良白獣を指して、そう尋ねた。その白獣は、それでもお座りをしたままおとなしくて、尻尾だけ苛々したように芝生へぶつけている。

するとコーマックが、ハタと我に返って慎重に歩み寄ってきた。

「リズさん、落ち着いて聞いてください」

説得でもするみたいに、彼がこちらへと近づきながら気になる前置きをした。正直言って、すぐには立てそうにもないくらい力は抜けている。

リズは、彼に答えるように一つうなずいてみせた。ちらちらと例の白獣の様子をうかがいながら、続いて自分の横で片膝をついたコーマックを見た。

「今、あなたの目の前にいるのは、相棒騎士のいない白獣ですが、害はありません。だからまずは、落ち着いてください」

「害は、ない……」

まだ混乱している頭に理解させるよう反芻《はんすう》する。そんなリズに、コーマックが、ジェドや他の獣騎士たちを代表するようにして、こう告げた。

「先日、異動してこられたばかりなので、非常に伝えづらいのですが……あなたは、団長の相棒獣になる予定でやって来た〝彼〟に、教育係として指名されています」

相棒獣になる予定？　団長様の？

というか〝教育係〟って、何。

「……はい……？」

もうわけがわからなくてなって、呆気にとられたリズは、その短い一言しか返せなかった。

◆§◆§◆

暴れ白獣の騒ぎがあった後、リズはジェドの執務室へと場所を移して話を聞くことになった。

ジェドは長椅子に腰を下ろし、書斎机に足を上げてぶすっとしている。そのそばにはコーマックがいて、少し距離を置いた場所でトナーたちが見守っていた。

その視線の中心に立たされたリズは、正直落ち着かないでいた。今、彼女の隣には、窮屈そうに〝お座り〟している大型級の暴れ白獣がいる。

大きさも一等級のこの白獣は、団長の相棒獣になる予定であるらしい。先程、仕事で山に入った際、ようやく見つかったジェドの相棒となれる戦闘獣なのだとか。

話を聞くに、白獣自身も同行の意思があったので一緒に山を下ったという。だが連れてきたまではよかったものの、もとよりとんだ暴れ白獣だったようだ。

獣騎士団に到着したら、全然言うことを聞いてくれなかった。そうして、おとなしくさせようと苦戦していたところに、リズが姿を見せた——というわけだ。

「教育係を決めるために、団員たちを集めようとしていた演習場へ、どうにか移動させようとしていたところだったんですよ……」

説明役を務めているコーマックが、そう吐息交じりに説明する。ジェドは引き続きかなり不機嫌そうにしていて、他の獣騎士たちも微妙な表情だ。

この暴れ白獣は、野生獣だけに指示に従わせるのも難しい。

どの相棒獣よりも強いのはいいが、まだ教育を受けていないこともあって、他の白獣を見るとすぐに喧嘩を売ってしまうところもあるという。

「今のところ、うちにいる相棒獣で押さえ込めるものがいなくて。だから早急に教育係をつけることを考えていたのですが、……まさかリズさんが出てくるとは思ってもいなかったんです」

心労で頭が痛いという顔で、コーマックがため息交じりにこぼした。それを見たリズは、思わずこう言い返す。

「私の方もまさかの状態だったんですけど」

いきなり追いかけられて、死ぬ思いで走らされた。

それでいて、どうやら自分は今回の一件で、山を下りてきたばかりのこの暴れ白獣に、〝教育係〟の指名を受けてしまったらしいのだ。

白獣は、正式な相棒になるためにまず訓練と教育を受ける。その際の教育係を決めるのは白獣自身で、相棒予定の獣騎士以外から選定されるという。

だが、野生とはいえ、獣騎士でもない者を指名するのは、初めてのことなのだとか。

どうして自分が指名されたのか、リズ自身わかるはずもなく困惑するしかない。

「……なんで私……？」

コーマックを含め、ここにいる獣騎士たちの疑問を口にしたリズは、ぶすっとし続けているジェドにこう続けた。

「あの、教育係といいますけれど、そもそも私は幼獣たちの世話係ですし」

「両方やってもらう。慣れればなんてことない」

この先の言い訳は聞かんと言わんばかりに、ジェドにスパッと決定事項を告げられてしまった。

幼獣の世話係になったのも、もとはといえばジェドのせいである。

結局のところ、今回も彼関係であるのを考えると、リズは自分の不運の連続には涙が出そうになった。

ようやく見つかった〝獣騎士団長の相棒獣〟の教育係。

そんな大役なんて、平凡な身の上には荷が重すぎる気がした。そもそも、こんな大きな獣《けもの》をしつけるとか、私には無理なんじゃ……。

リズは、こわごわと隣を見上げる。その白獣は、やっぱり通常より大きくて威圧感があった。まるで誰かを彷彿とさせるような不機嫌そうな様子で、窮屈そうに〝お座り〟している。

不安を察したコーマックが、少しでも気持ちをほぐそうと口を開いた。

「自らの教育係を決めた白獣は、どんなに凶暴であっても、教育係の言うことには従います。ですから、教育にあたっては安心して取り組んでいただければと」

「でも、獣騎士以外を指名するのは、初めてなんですよね……？」

リズは、思考がいっぱいいっぱいになった顔で彼を見た。

「それに私、さっきめっちゃ追いかけられましたが」

そう事実を述べた途端、室内にぎこちない沈黙が落ちた。

コーマックが返答に窮している。そんな上司の様子を見た獣騎士たちが、ほんと、どうして彼女を指名したんだろうとつぶやいて、例の白獣を見やった。

「つか、幼獣が一発でリズちゃんを受け入れたのも不思議だったけどさ。今度は、最強の不良獣から教育係のご指名まできたか」

「どれも獣騎士団始まって以来じゃないか？　女性団員が在籍するのも初めてだしな」

「リズちゃんって、結構すごいもん持ってるタイプだったりするのか？　たとえば強運とか」

いえ。私が持っているのは、平凡とドジと不運なんですよ……。

彼らの話し声を聞きながら、リズはなんの素質も才能もない我が身を思った。すると黙っていたジェドが、机にのせていた足を不意に下ろしてこう言った。

「お前は、何を難しく考えているんだ？　ただの教育係だろう」

「団長様、『ただの』と言われましても……」

他人事だと思って簡単に言っているのだろう。リズは容赦のない上司に泣きそうになりながら、隣の大きな白獣へ指を向けた。

「この大きさを見てくださいよ。座っていても、私よりずいぶん高い位置に頭があるんですよ？」

「立派なことじゃないか。そもそも座っていてお前よりも小さい相棒獣は、ここにはいないが？」

ジェドにぴしゃりと返され、返す言葉がなくなった。

しばし考える。たしかにそうかもしれないと、素直な性格からそう納得する。そんな彼女の華奢《きゃしゃ》な後ろ姿に、コーマックたちは何やら物言いたげだった。

「教育係というのは、人間との共同生活のルールやマナーなどを教える。簡単にいえばペットのしつけみたいなものだ。今やってる幼獣の世話係と似たようなものだろう」

幼獣たちとはまったく違うし、戦闘獣をペットのしつけ感覚で言われても困る。

先程のコーマックの説明によると、一頭と一人で行われるということだ。そして教育係以外の言うことは聞かないから、獣騎士の誰かが見本を示して手助けすることもできないという。

リズは、隣にいる暴れ白獣の存在感を考えた。この大きな野良戦闘獣を一人で教育するのを想像するが、やっぱり非戦闘員の自分にできる気がしなかった。

「や、やっぱり私、さすがに無理で――」

ぷるぷる震えながら、勇気を振り絞って断ろうとした時、不意に大きな獣に鼻先で耳のあたりをつつかれてリズの言葉が途切れた。

巨大な肉食獣の吐息が、耳元で聞こえて背筋が冷えた。たったそれだけで、大きさを感じて圧倒される。

恐る恐る横に顔を向けてみれば、目と鼻の先に大きな白獣の顔があった。

近くで見てみると、ますます肉食獣っぽさを覚えた。間近にある狼みたいな顔立ちと双眼に圧倒されてしまう。

それでいて、その目でめちゃくちゃ睨まれている。

「がるる……」

その暴れ白獣が、少し牙を覗かせて低くうなった。このオレが教育係にと決めたんだから、断ったらどうなるかわかってるよな——と、脅されている気がする。

これ、本当に害はないの？　怖すぎるんですけどっ！

リズは声も出せず、思わず助けを求めて、パッとジェドへ目を向けていた。

「あ？　なんだ」

すると彼が、暴れ白獣とまったく同じ感じのする威圧的な目で見つめ返してきた。

せっかく見つかった相棒獣候補だ、断るとどうなるかわかっているだろうな——と怖い一睨みで伝えてくる。

なんだかこうして見てみると、能力値の相性バッチリの一人と一頭って、性格的にも似たタイプということなんじゃ……という思いがリズの脳裏をかすめた。

片方からは獰猛《どうもう》な獣、もう片方からはドSな上司。

リズは、二つの方向から強烈な圧力を感じていた。小さく震えて涙まで出そうになった。めっちゃ怖い、もう帰りたい――。

しかし、上司と暴れ白獣への恐怖心が勝った。こうなったら世話係続行で、死ぬ気でデカくて凶暴なもふもふの教育もがんばるしかない。

「もおおおおおっ、わかりましたよ、やってやります！　こうなったら私が団長様のためにも、この子を立派な相棒獣にしてやりますともっ！」

リズは決意し、涙目でやけ気味に叫んだ。

するとジェドが、ここへきて初めて眉間のしわを消した。真っすぐ見つめてくるリズに対して、形のいい唇をふっと引き上げる。

「ほぉ。俺のためにがんばる、か」

「団長様のためにです！　この子も相棒獣になるのを望んでいるようですし！」

一刻も早くこの場から解放されたい一心で、リズはドS上司と暴れ白獣の望みを受け入れるべく、そう答えた。

任されたからには全力を尽くすしかない！

リズは、涙目ながら覚悟を決めた。そんな彼女の表情を、獣騎士たちが見守ってい
た。彼らは揃って心底同情の目をしていた。
「……リズちゃん、すんげぇ涙目なの同情するわ」
「……気のせいか、団長の機嫌がいいな」
「自分の相棒獣が見つかったから、じゃないですかね」
ジェドの変化に気づいたコーマックも、他の獣騎士たちと同じく少しだけ不思議
がった。
でも、今の彼らには、ジェドの機嫌なんて些細なことだった。新入りの不良白獣の
騒動の件で、他のことを考える余裕もないくらい疲れきっていた。
コーマックたちは、できれば速やかに、心と体を休めたくてたまらなかった。
意気込むリズを隣から見やった当の白獣が、上から目線で「ふんっ」と、あきれて
いるのか小馬鹿にしているのかわからない鼻息を吐いた。

◆§◆§◆

ひとまずリズの意思表示まで見届けたところで、他の獣騎士たちは仕事に戻って

いった。

室内にはジェドとコーマック、そして例の白獣が残された。その面々の中、リズは教育係になることについて、改めて一通りの説明を受けた。

「実際の教育に手を貸すことはできませんが、いつでもアドバイスしますから、わからないことや不安があれば、なんでも聞いてくださいね」

「はい、ありがとうございます副団長様」

参考になるマニュアル本や手書きのノートなども、後で用意して渡してもらえることになった。

そうして本日のスケジュールについても確認した後、新入りの不良白獣を、獣舎と少し離れたところに設けられた別舎の一頭用の個室に案内することになった。

「館内には他の獣騎士と相棒獣もいますので、できるだけ距離を空けての通行をお願いします。休む場所に案内するまでは、散歩紐もしっかり持っていてくださいね」

そう一通り説明を受けたところで、大きな特注首輪と散歩紐を手渡された。これをつけることから、教育係としての仕事が始まるのだとコーマックは続ける。

――だが、受け取ったリズは困惑していた。

あたり前のように語られた説明が頭に入ってこない。戸惑いもあって、すぐには動けなかった。犬とは違うのに、戦闘獣に首輪と散歩紐って……という言葉が喉まで出かかった。

これ、自尊心が高そうなこの白獣を、ますます怒らせてしまわないかしら？

そう思って恐る恐る暴れ白獣の様子をうかがってみると、座ったままじっとしていた。リズが持っている物を見つめ、そのままずいっと頭を下げてきた。

「え……？　あの、少しの間、これをやってくれるの……？」

反応が意外でリズが戸惑ってしまうと、そばまで来たジェドが「あたり前だろう」と言った。

「どんな理由があって選んだのかは知らんが、そいつはお前を教育係に決めたんだ。そうして白獣は、首輪を一度はめてもらうことで、契約が成立したと見て取る」

「契約？」

「いいからやってやれ。それをハメてやれば、白獣は、自分の教育を請け負ってくれる約束をしてもらえたと安心する。だから嫌がることはない」

ジェドがぞんざいに言ってのける。

リズは、理解に時間がかかって首をかしげた。すると横からコーマックが、安心させるように笑って補足してきた。

「つまり『あなたが相棒獣になれるよう、最後までしっかり教育に協力しますよ』という合図になるんですよ」

なるほど、そういう意味になるのかと、リズはようやく少し理解できた。

緊張しながらも、たどたどしい手つきで首輪をセットした。白獣はおとなしくしていて、散歩紐につなげられるのをじぃっと見ていた。

仕上がった姿は、やっぱりリズには違和感があった。

大きな戦闘獣が、犬の散歩スタイルで〝お座り〟している。それに戸惑いつつも、ジェドとコーマックに見守られて教育係として動き出した。

「それじゃあ、まずはあなたの部屋に案内するから。ついてきて」

少し散歩紐を引いて合図したら、暴れ白獣が腰を上げた。部屋の外へと促すと、どしどしと足音を立てながらきちんとついてきた。

ジェドの相棒獣になる予定の白獣は、見事なまでに体が大きかった。真っ白い優雅な毛並、太い四肢も圧巻だった。毛量たっぷりの尻尾も、他の相棒獣たちより目立っている。

野生の彼にとっては、初めての建物内であるはずなのに、物怖じしたり警戒したりする様子もなく、尻尾を自由に振って堂々と館内を歩く。

廊下がやや手狭に思える超大型の新入り白獣は、おかげでいっそう目立っていた。それでいて、首輪につながった散歩紐の先を、騎士団の誰よりも華奢なリズが持っているのだ。

その様子を見て、廊下に居合わせた獣騎士たちが次々に「ごほっ」とむせた。

「待て待て待て、あれって団長が引き入れた幼獣の世話係だよな⁉」

「団長の相棒獣候補と歩いてるぞ……」

そんなざわめきを耳にしながら、リズは内心泣いて「どうしてかこうなってしまったんですよ……」と思った。そんな彼女の後ろで、白獣の大きな尻尾を避けきれずに打たれた獣騎士が「ふげっ」と声を漏らしていた。

大注目されている中、気を使ってみんなが空けてくれている通路を歩いた。

交わされる話し声は、ようやくたどり着いた正面玄関で終わりを迎えた。リズは建物の外へ出た後、暴れ白獣を連れて離れの別舎へと向かった。

別舎の個室の中は、ずいぶん広くつくられていた。先に準備は完了していて、雨戸もすべて開けられて換気され、すでに寝床などの用意も整っている。

白獣は、とても繊細な生き物でもある。

来たばかりだと環境の変化のストレスから、想像以上に疲労が蓄積してしまうという。そのため初日は、十分な休養と睡眠が必要であるらしい。

だから本日は、ここに連れてくるまでがリズの教育係一日目の仕事だった。

本格的な教育は翌日からだ。今日の休息は、彼に場の匂いや雰囲気を覚えさせ、少しでも環境のストレスを落ち着かせる目的もあった。

この規格外な白獣は、ここでの暮らしやルールなど知らない。しばらくの間は、他の相棒獣たちから離して生活させながら、教育していくことになっていた。

中に入ったリズは、まずはコーマックから説明された個室内の設備が整っているかを確認した。それから、ビクビクしつつも例の白獣と向き合った。

「じゃあ……その、首輪を外すから少し頭を下げて」

そう声をかけたら、またしてもすんなりと従ってきた。手振りを交えて伝えたリズは、不思議に思いつつも、そのまま手を伸ばして首輪を外した。

その途端、暴れ白獣がぶんっと頭を上げた。

リズは突然のことにビクッとした。頭を高く持ち上げた白獣は、続いて窮屈だったと言わんばかりに首を振ると、ついでにぶるりと体まで震わせる。

「……わぁ、毛がふわっふわに……あの子たちと一緒だわ」

モフッとなった見た目に、つい見惚れてしまった。毛が長い大人の白獣も、ぶるっとして空気をたっぷり含むと、幼獣と同じくふわっふわの毛並みになるらしい。

すると暴れ白獣が、ようやく落ち着いた様子で「ふんっ」と座った。

成獣の艶のある毛並みは、常にふわふわと毛が膨らんでいる幼獣たちと違って、じっとしているだけで綺麗にまとまっていった。

それを、しばしうっとりと眺めてしまっていたリズは、その白獣に声をかけようとしたところで、ふと気づく。

「何か呼び方を考えないと、呼び分けが難しいわね」

もし「白獣」なんて呼んだら、居合わせた騎士持ちの相棒獣たちが、みんな反応しそうだ。

「でも、そういえば副団長様もトナーさんも、相棒獣を名前で呼んでいるのは見たことがないわね……みんな普段はどうしているのかしら？　しばらく教育で一緒にいるからって、私が一時的な名前を勝手につけていいものなのかしら」

考えてもわからない。いったん、ここはコーマックたちに確認しに戻った方がいいのだろうか？

リズは、悩んで動けなくなってしまった。

その時、じっとリズの様子を見ていた白獣が、不意に動き出した。ガリガリという音が耳に入って、ようやく彼女は気づいてそちらを見た。

すると、あの暴れ白獣が足元に敷かれたチップをどかし、大きな爪を器用に一本だけ出して、地面に何やら刻んでいた。

【騎士、新しい相棒誕生したら、名前をつける。魔力でつながると意思を共有できる。そこで名前、呼ぶ。だから声に出す必要、ない】

土に刻まれたのは文字だった。きちんと綴りの形も整っている。自分が小枝でガリガリと書くよりも綺麗で、リズは「すごい！」と叫んだ。

「あなた、すごく賢いのね！」

興奮してパッと目を戻して告げた。白獣が、実につまらん質問だとでも言うかのような表情をして、いったん土をならしてまたガリガリと刻み出す。

【獣は人の言葉わかる。だから、こうして従える】

「あ、そうか」

言葉がわかるから、先程も執務室までおとなしくついてきた。そうして話し合われる内容を聞くために自分の隣にいたのだろう。

すごく賢い上に、なんだか自分よりもしっかりしていそうな獣である。獣騎士や相棒獣に詳しくないリズは、ならばと思って獣本人に尋ねてみることにした。

「仮の名前をつけても大丈夫なのかしら？」

するとまたしても「ふんっ」と鼻を鳴らされてしまった。

なんだか小馬鹿にされている感じがした。もしかしたら自分は、この白獣に、馬鹿かと叱られたのだろうか……？

「考えてみれば、相棒となった騎士が名前をつけるのに、私が仮の名前を勝手につけるだなんて失礼な話だったわね……。だって大切な名前だもの」

人の言葉がわかるのなら、なおさら失礼な質問だったのかもしれない。

「勝手なことを言って、ごめんなさい」

リズは反省して心から謝った。

呼び方については、そうしなくとも済む方向で何か探してみよう。今日はこの白獣も来たばかりであるし、ここを出て幼獣たちの世話をしてから考えるか。

「それじゃあ、また明日」

リズは、退出すべく別れを切り出した。

だが、くるりと踵を返した直後、片方の肩がズシリと重くなった。重量感のある大きなもふもふの右前足が、待てコラと言わんばかりにリズを引き留めている。

デジャブだ。

ジェドと初めて出会った時のことが重なった。恐る恐る振り返ってみると、こちらを紫色《バイオレット》の鋭い目でギロリと睨み下ろしている白獣がいた。

「……なんか、団長様が苛々している時と似ているような……」

気のせいか、白獣が不機嫌マックスで黒いオーラを背負っている。

自分は、彼の気にさわることを、何かしでかしてしまっただろうか？

そう考えたところで、さっきの会話を思い出して引き留められた理由に気づいた。

「もしかして、仮でも名前をつけてってこと……？」

確認してみると、白獣が前足を下ろしてこくりとうなずく。

呼び分けが難しいと口にしたから、彼なりに少し考えてくれたのだろうか。何せ、こちらを悠々と小馬鹿にできるくらい賢いらしいし――。

リズは、彼の賢さには素直に感心しつつ、一抹の虚しさを覚えた。幼獣にも格下認定され、野良白獣には馬鹿にされている私っていったい……。

「……まぁ、そうね。ならニックネームを考えましょうか」

気を取り直して、そう声を出した。

「うーん、『ダグラス』は？」

パッと浮かんだ名前を投げたら、暴れ白獣が首を横に振った。

「じゃあ『ノラン』？」

続けて提案してみたのだが、これもお気に召さなかったらしい。立て続けに好みに合わないニックネーム案を投げられたせいか、まずい物でも食ったような表情を向けられてしまった。

「そんな露骨な表情しなくたって……団長様並みに容赦ない」

リズは、精神的にダメージがきて次の案がすぐ出てこなかった。思うにこの野良の白獣は、人を馬鹿にすることにかけては表情が豊かな気がする。

このまま、延々こんな反応をされたら、自分が持ちそうにない。

今度こそは、ピッタリの名前を提案しよう。リズは真剣になって考え込んだ。その様子を、暴れ白獣が正面からじーっと見つめていた。

「それじゃあ……、『カルロ』」

突然ピンときて、リズは目を合わせてそう提案してみた。自分で言ってみると、不思議と口にしっくりとくるピッタリの名前である気がした。

すると、その白獣がぴくっと耳を立てた。頭の中で反芻するような間を置いたかと思うと、よろしいと言わんばかりに胸を張って座りなおした。

「あなたの名前、カルロでいいの？　本当に？」

「ふんっ」

リズが念のため意思確認すると、その暴れ獣――命名、カルロが満足げに鼻を鳴らしたのだった。

◆§◆§◆

その翌日から、大型級の新入り白獣カルロの教育が始まった。

ようやく見つかったジェドの相棒獣となれる白獣だ。最初の一週間は、リズが集中して教育にあたれるようにと、その間の幼獣たちの世話を獣騎士たちが引き受けてくれることになった。

「慣れるまでは、敷地内を歩かせる時は首輪と散歩紐をつける。スケジュールを確認して、他の相棒獣たちにあまり近づかせないようにする……」

リズは朝から、カルロの部屋で、副団長コーマックがまとめてくれた『教育係の流れ』のノートを確認していた。

その向かいには、すっかり自分の部屋だと慣れたカルロが寝そべっている。

「基本的に、相棒騎士のいない白獣は本館敷地外に行ってはならない――って、聞いてる?」

【聞いてる】

カルロが、気だるげにため息をついて爪でガリガリと文字を書く。

先程から、伏せの姿勢で気だるげに頭を持ち上げ、話す必要がある際に右前足を動かす。器用というか、どこか人間っぽい知的な仕草である。

リズも、意思疎通ができるカルロにだいぶ慣れてきていた。

朝一番、ここに来る際にも、ビクビクとした気持ちはなかった。昨日の今日で、決意の熱も残っていたせいもあるだろう。何より、幼獣の世話をしてくれている獣騎士たちの協力を無駄にはできない。

「とにかく、他の相棒獣と喧嘩したらダメよ」

コーマックのノートに書かれている【喧嘩っ早い】いう注意書きを見て、意気込みも増す。カルロは、そんなリズの熱意を聞き流すかのように見もせず、地面に掘った文字を前足で消していた。

今日から、本格的に教育係としての仕事開始である。

カルロと一緒に『教育係の流れ』を確認した後、リズは首輪と散歩紐を彼につけて、早速行動を開始した。

教育の第一段階は、ここで暮らす戦闘獣の日課を覚えさせることからだ。生活の行動範囲から教えることから始め、ご飯やブラッシングの場所、訓練場所といった敷地内の各施設などを案内していった。

——のだが、まず、案内から全然うまくいかなかった。

カルロは散歩紐でつながれていても、それを軽々と引っ張って好きに足を進めたりした。芝生の上を歩いているので怪我はないものの、リズは久々にびたーんっと前に倒れて引きずられた。

教育係としての出だしから、リズは完全にカルロのペースにのまれ、苦労の連続だった。ご飯の場所は目の前でスルーされ、運動がてらの散歩コースでもまったく指示通りに進んでくれなかった。

それだけにとどまらず、案内の道中にリズがカルロを止められなかったせいで、当初のコースを外れ、予定していなかった本館側へと進んでしまった。

案の定、そこでさらに問題が勃発した。

これがあるから本館側へは向かわせない方向でいたのに、カルロは遠くにいた相棒獣を見つけると、早速喧嘩腰でそちらに向かっていってしまったのだ。

「だから喧嘩はダメなの！」

一生懸命引き留めたものの、リズは見事に引きずられていた。

昨日、彼が大暴れしたという現場を彼女は見ていない。もし他の相棒獣と接触したらどうなるのだろうと、最悪の光景を妄想して半泣きだった。

とはいえ、本気の取っ組み合いをするつもりはなかったらしい。散歩紐をぐいぐい引っ張っていったカルロが、しばらく進んだところで唐突に足を止めた。

カルロは、本館の少し手前まで敷かれた芝生内にとどまった。その先には足を進めようとしなかった。ただ、本館から出てきた相棒獣たちを真っすぐ見て、静かにうなり、睨みつけて少し牙を見せる。

相棒獣たちは、大きな新入りを前に警戒した様子を見せた。でも相棒である獣騎士から許可が出ていないためか、ピタリと足を止めて半ば困惑中だった。

そのそばにいた獣騎士たちは、リズを見てあわあわとしていた。

「リズちゃんが、うつ伏せに……っ」

「完全に引きずられているな……」

「あれ？　でも絶妙に怪我はしていないっぽいな」

「あの暴れ白獣も、一応は教育係のリズちゃんを驚かさない配慮で、声は抑えているみたいだなぁ。普通、白獣の本気のうなり声はあんなものじゃないし」

でも哀れ、リズを見た獣騎士たちが揃ってそうつぶやいた。

彼らの協力もあって、戦闘獣同士の喧嘩勃発は避けられた。カルロは相棒騎士たちに止められて移動していくのを見て、優越感に満ちた顔で「ふんっ」と鼻を鳴らして相手の白獣たちを逆上させてもいた。

ほんと勘弁して欲しい……とリズは思った。カルロは、もしかして一匹狼みたいな野生白獣だったのだろうか？

カルロには、相棒獣たちとなかなか仲よくなれそうにない気配があった。同族に目を向けられればツンッと無視するし、いちいち煽るような態度で威嚇して、おまけに小馬鹿にもする。

途中、遭遇したコーマックも、先程の獣騎士たち同様の反応を見せた。彼は少し遠い距離からわざわざ歩み寄ってくると、深刻な顔をしてリズに話しかけてきた。

「リズさん、大丈夫ですか？　まだ午前中なのにボロボロでは……？」

「あの、実は全然言うことを聞いてくれなくて……」

弱った声でリズは白状した。

その横で、またしてもカルロが「ふんっ」と鼻を鳴らした。ジロリと睨み下ろし続けていて、その視線の先でコーマックが唾をのみ込んだ。

「すごく圧を感じる……。なんだろ、さっきまで一緒にいた誰かを思わせるような、理不尽な威圧感……僕、何かしましたか？」

「いえ、他の人たちにもそうなんです。とくに白獣相手には容赦がないというか……。白獣って、野生だと群れには慣れないんですか？」

「もともと仲間意識の強い種族ですから、それはないかと。幼獣を守る習性もあるので、野生だと血統の違う数頭が一緒にいるのも珍しくないですよ」

なのに、なぜカルロは……とリズは心底疑問だった。

コーマックと別れた後も、リズの案内は続いた。

どうにか戦闘獣たちが日常的に足を運ぶ場所を、今日中ですべて案内したかったのだが、カルロは気紛れだった。指導を受け入れてくれている姿勢が全然なくて、ことあるごとに、リズは馬鹿にされていると感じてしまう。

そもそも教育係の言うことは聞くというのは、本当なのだろうか？　なんだか彼の態度は、未来の相棒——ジェドといい勝負のようにも思えてくる。

つまり私、ただ馬鹿にされて振り回されているだけなのでは……？

何度目かの芝生の上で、びたーんっとうつ伏せになったところでハッと思った。カルロを見れば、〝お座り〟をしてリズが立つのを待っている。

目を合わせたら、白獣特有の紫色《バイオレット》の目をじっと向けられた。正直言うと、何を考えているのか、さっぱりわからない。

「……あの、相棒獣になるつもりはあるの？」

リズは思わず確認してしまった。

すると、しばし間を空けて、カルロが真顔のままコックリとうなずいてきた。

人様を馬鹿にする感じの表情は豊かなはずなのに、ここにきてクールフェイスだ。わざと不安を煽るためにしているのではないかと思えて、リズは涙目になった。

「その間が信用ならないんだけどっ」

ほんと、なんで私を指名したのよ――。

そう続けようとした瞬間、カルロの顔がリズの目の前まで下りてきた。近づけられたその獣顔は、鼻頭までしわが寄ってかなり凶暴面になっている。

「ぐるるる」

「えっと……あの、なんで今、低くうなって威嚇してるの？」

さっき相棒獣たちの前で出していたうなり声よりも、強めじゃない？

教育係が、見習い獣に本気で脅しにかかられるなんて、あるのだろうか。自分は獣騎士でもないし、もしや教育係と思われていないのでは。

そう困惑して考えていたら、不意にべろんっとカルロに顔をなめられた。

リズは、唐突なことでポカンと拍子抜けしてしまった。転倒した際、顔についていた草が綺麗に落ちていった。

気遣われているのだろうか？でも、そもそもと考えさせられる。

「……こうなったのは、もとはといえばカルロのせいなんだけど」

そう口にしたら、カルロが「ふんっ」と鼻を鳴らして応えてきた。やっぱりどちらとも判断がつかなかった。


それから数日、リズの奮闘は続いた。

初日は、生活行動範囲をすべて案内することはかなわなかったが、めげずに二日目も相棒獣たちが日課として立ち寄るルートを歩かせた。そうして三日目にして、ようやく一通り教えることができた。

けれど、相変わらず素直には従ってくれなかった。散歩をさせるのも、ご飯を食べさせるも大変だった。

移動中も、よく散歩紐を引っ張られた。苦戦しているリズを小馬鹿にするかのような軽々しさで、カルロはゆっくりコースの外を進んだりした。

とはいえ進歩もあった。

他の白獣がいる環境に慣れたのか、それとも何度もすることに飽きてきたのか。自ら向かっていってまで威嚇することが極端に減ったのだ。

「ある程度の距離が空いていたら、大丈夫そうね……」

散歩の際に確認してから、『移動中に戦闘獣同士の喧嘩が勃発するかもしれない』という心配からは解放された。

それでいて、カルロは気ままながらも、一日の日程をこなしだすようにもなっていた。それもまた、初日に比べると進歩したことの一つだった。

大進歩が見られたのは、四日目の今日である。

なんとカルロが、散歩紐を引っ張ってリズのスケジュールをずらすことはせず、決まった時間にご飯を食べてくれたのだ。

それは朝食だけでなく、続いて迎えた昼食でも同じだった。しかもカルロの広い部屋の掃除に没頭していたリズの背を、わざわざ当のカルロが鼻先でつついて、予定時刻であることを知らせてくれたのである。

すでに日課の時間については、頭に入っているようだった。考えてみればカルロは賢い白獣なのだ。恐らくは気分や慣れの問題だろう。

ここまでくるとリズも意地になった。彼が相棒獣としてここで過ごせるよう、少しでも早く騎士団での生活に慣れさせてあげたくなった。

「食事の次に成功させたいのは……。やっぱりブラッシングね」

昼食後の片づけをしながら、午後のスケジュールを思い返したところで、リズは真剣に考えた。

リズとしては、なんとか十分にカルロをブラッシングしたいと思っていた。実はそれは、相棒獣にとって食事に続いて大切なこととされているのだ。

日課には、十分なブラッシングの時間も組み込まれている。しかし、これまでカルロは、開始して程なく部屋を飛び出してしまっていた。

「よしっ。今日こそは、全身ブラッシングする！」

リズは固く決意した。その後の散歩で、またしても振り回されながらも、近くまできたところでカルロをブラッシングルームに入れた。

やはり日課をすでに把握しているのだろう。並ぶ戦闘獣用の各ブラッシングスペースの一番奥に到着するなり、もう少し遅い時間なのでは、というように睨まれてしまった。

実は先日、カルロに初めてブラッシングを試した時、力加減が気に食わなかったのか、尻尾で軽くびたんっとはたかれてしまってもいた。

慣れないせいで違和感もあるようだ。以来、ブラッシングを拒むのである。

「私、今日は引かないわよ」

強い決意のもと、リズは散歩で少しぼさぼさになった頭を持ち上げ、早速用意したブラッシングの道具を手にそう宣言した。

「あなたが、ブラッシングをしなくても、ふわふわなのはわかっているのよ。でも、コレをやると、より魅力的になるのっ」

「ふんっ」

「あ、信じてないわね？　本当なのよ、副団長様の戦闘獣だって、ふわふわでさらさらでしょう？　それに、ブラッシングは気持ちいいんだから！」

戦闘獣用のブラッシングルームにて、伏せの姿勢で拒否を示すカルロと、左右の手にそれぞれ違うタイプのブラシを持って説得するリズ。

そのかなり目立った様子を、少し距離を空けて、利用中の数人の獣騎士と相棒獣たちが、なんとも言えない表情を浮かべて見つめていた。

「リズちゃん、白獣相手に本気の説得をしてるぞ……」

「少しずつ慣らしていけば、どんな白獣だってわかってくれるから大丈夫、ってアドバイスしたいけど……」

「必死すぎて、声、すんごくかけづらいな……」

「魔力でつながって意思疎通できているわけじゃないのに、なんか会話してる感がすごいわ……」

毎日の終業前、リズはカルロの部屋で反省と対策をがんばっている。そこでは筆談で会話がされているなどと知らないで、彼らはしみじみと話していた。

日々筆談で言い負かされているリズは、そう交わされる会話も聞こえなかった。

「負けないもん」とカルロに向き合った。こうなったら実力行使だ。

「昨日も一昨日もできなかった尻尾から、まずは、します！」

そう宣言して、勝手に尻尾の方へ移動した。大型級の白獣であるカルロのそれは、長い白い毛がふわふわとしていて抱き枕よりも大きい。

ぺたっと地面についている尻尾は、持ち上げてみると重量感があった。腕に抱いた途端、かなり優しいやわらかさと温もりが感じられた。

「はぁ、やっぱりすごいふかふか……」

リズは一瞬、そのままほだされそうになった。

それを見ていたカルロが、ちょっと顔をしかめて尻尾をやや動かせる。リズはハッとして、「待って待って！」と慌てて尻尾をぎゅっと抱きしめた。

「ちゃんとするから。お願いだからおとなしくしていて」

リズの声は、訴えるようなか細い響きがあった。

ふわふわの毛は、尻尾が一番ボリュームがあって魅力的なのだ。教育係初日から今日まで、ほとんど手入れできていなかったのが、実はとても心苦しくあった。

「……こ、このまま毛並みがバサバサになったら悲しすぎる」

もしブラッシングできないまま日々が過ぎてしまったら……と、一昨日と昨日も想像していた。それを思い出したリズは、赤紫色《グレープガーネット》の目を潤ませてつい本音をこぼしてしまう。

カルロが、なんだか面倒くさそうな顔をした。

遠くから見守っていた獣騎士たちも、困惑気味だった。すっかりブラッシングが終わっている白獣たちも、獣同士で目を合わせたりしている。

「えぇぇ……リズちゃん、そんなこと考えてたの？」

「あの新入り白獣の教育が怖いとか、そういうのではなく」

「ブラッシングへの熱意が、まさかの理由だった」

「しかも本気の泣きだ」

相棒獣たちの前で、彼らはひそひそとざわめく。

幼獣と成獣の場合だと、ブラッシングの力加減が違うとは、ここ数日でリズも理解していた。昨日、感覚的にバッチリ掴めた気がするのだ。

「今度は絶対にうまくやるから、お願い、ブラッシングさせて」

だから今度こそは、という思いでカルロに涙声で頼み込んだ。

カルロが、どうしたもんかという表情を浮かべて、獣騎士や相棒獣たちからは見えない位置に一本爪を立てた。

だが、直後、カルロが小さく息を吐いて伏せの姿勢になった。なら好きにすればいいと言わんばかりであるのに気づいて、途端にリズの涙も引っ込んだ。

「ありがとうっ、がんばるから！」

リズは、早速ブラッシングに取りかかった。カルロの長く白い優雅な尻尾の毛並みは見事で、両手に持った二種類のブラシでするすると梳《す》ける。

これは絶対にブラッシングを成功させたい。真剣に作業を進めた。やはり素晴らしい毛並みとあって、時間もかからず絡《から》まっていた奥の毛も解けていく。

終わるまで、あっという間だった。

次第にサラサラ感にも磨きがかかって、気づいた時には、ボリューム感も増した見た目の艶も素晴らしい尻尾に仕上がっていた。

見守っていた獣騎士たちが、それを見て「お～！」「尻尾、全部できたな！」と拍手する。その声と音を聞いて、ようやくリズは我に返った。

「あっ……。尻尾が仕上がった」

四日目にして、ここだけでも完璧なブラッシングができた。感極まって言葉が続かないでいるリズを、カルロが頭を持ち上げて見やった。

「ふんっ」

鼻を鳴らした彼の、ふわっふわになった尻尾が、リズの体にやわらかくぽふっとあてられた。

すごく気持ちいい。めちゃくちゃふわふわ……。

我が身で体感した途端に、感動は倍増した。こらえなきゃと思ったものの、次の瞬間、リズはたまらず尻尾を抱いて顔を押しあてていた。

「ふふっ、すごくうれしい。なんて幸せな手触りかしら」

とても心地いい。リズは思わず、少女のような無垢な笑みを浮かべた。もっと感じていたくて尻尾を引き寄せたところで、ハタと我に返って力を抜いた。

「あっ、ごめんなさい」

相手はカルロであるのを思い出して、慌てて尻尾から離れた。

抱きしめる直前、放り出してしまっていたブラシを拾い上げた。改めてもう一度謝ろうと、カルロの顔を覗き込んだところで「あれ？」と気づいた。

「もしかして、尻尾を抱きしめたこと、怒ってないの？」

「ふん」

「嫌そうな言い方でもない……あ。もしかして、気持ちよかった？」

ちょっとだけ期待して、リズはそう尋ねた。

するとカルロが、ぷいっと顔をそむけた。けれどすぐに彼女へ向きなおると、頭を上げて、自らの胸元を大きく見せるようなポーズを取った。

それは、首と胸元のブラッシングの際のポーズだ。

昨日まで、ずっと姿勢を教え続けていた。しかし、その時にも一番触らせてくれなかった場所だけに、リズは目を丸くした。

「そこも、ブラッシングしていいの？　え、本当に？」

夢じゃないわよね、と期待と感動で声が震えそうになる。真意を確かめるように見上げても、カルロはしれっとした表情でポーズを維持していて――。

ああ、さっきのブラッシングが気持ちよかったんだ。伝わってくれてほんとによかった！

「任せて！」

リズは食事に続いての大きな一歩がうれしかった。そうカルロに答えるなり、彼女は早速作業に取りかかったのだった。

これまで嫌がっていたこともあって、本人の様子を確認しながら、時間をかけて丁寧にブラッシングが行われていった。

すると一つ、また一つと、カルロから許可が出た。え、本当にいいの？と戸惑っている間にも、するするとリズの作業は進んでいった。

そうして、なんとカルロは、全身をブラッシングさせてくれたのだ。

教育係となって初の快挙である。よりふわふわになってくれたのもうれしくて、リズは我慢できずふわふわの体に飛びついた。もふられているカルロは、まんざらでもない顔をしていて――。

長らくサボって見ていた数人の獣騎士たちのうち、一人が察したように言った。

「なぁ。あいつ、最後にあれしてもらいたかっただけじゃね？」

「リズちゃんに尻尾のことを喜ばれたのが、案外うれしかったのかもなぁ」

「子供っぽい笑顔がかわいいよな～。あ、そういや、まだ十七歳だっけ」

「なんだかんだで、うまく教育係として関係も築けているんだなぁ」

そこで見届けが終了した彼らは、安心した様子で、自分たちの相棒獣と共にブラッシングルームを去っていったのだった。

初の全身ブラッシングに、カルロは大変満足してくれた。その後の散歩の続きでは上機嫌にリズを困らせてきて、結局は終業まで変わらず忙しすぎた。

教育係が始まってから、目の前のカルロのことでいっぱいだった。

おかげで、ジェド本人が獣舎の方に顔を出す回数が少なくなっていることに、リズは気づかないでいた。

◆§◆§◆

獣騎士団の団長、ジェドには、長らく相棒獣がいなかった。

団長に就任してから数年いた仮の相棒獣は、先代のグレイソン伯爵にして、前獣騎士団長の父から譲り受けたものだった。

――私の大切な相棒よ。どうか、息子に力を貸してやってくれ。

長年生きていた経験豊富な白獣だった。魔力量も申し分なく、獣が持つ本来の戦闘センスも、当時いた戦闘獣の中でずば抜けてよかった。

だが、ジェドの相棒獣とはなれなかった。

歴代のグレイソン伯爵家の中でも、彼が最も濃く血を受け継いだ優秀な後継者として生まれたせいだ。

引き出される魔力量と、潜在能力量が圧倒的に多い。それに対応しきれる戦闘獣はおらず、ジェドが自身の持てる本来の力をすべて発揮すると、白獣にはダメージとなった。

父の白獣は、当時すでにかなりの高齢でもあった。それゆえジェドは、隠居した父のもとで静かな暮らしを送って欲しい――そう思った。

だから団長に就任して数年後、彼はそれを、その白獣に命じた。

『それでよいのですか、ご子息様』

美しい慈愛に満ちた目をした、メスの白獣だった。

『私がここを離れれば、あなたと長時間共に戦える白獣は、この獣騎士団からいなくなります』

『最後まで、結局は俺を子息呼ばわりだな。いいんだ、行ってくれ』

ジェドはそう答え、幼い頃によく見せていたような表情で、小さく苦笑した。

『お前、本当は闘いが好きではないんだろう？』

指摘してやると、白獣が初めて黙り込んだ。図星なのだろう。じっと見つめ返したら、珍しく何も答えないまま沈黙を貫かれた。

『いい、戦闘獣としてダメなどと俺は思わない。引退した父上もそうだった。そんな父上と母上のだんらんの光景を見ている時、お前はいつもとても幸せそうに、俺には見えたんだ』

『……祖父君の代から、私はここにおりました。そうしてご両親が出会い、結婚し、あなた様が生まれた日も、すべてそばで見届けました。私にとって、お二人は我が子も同然なのです、ご子息様』

白獣は本来、戦うことに生き甲斐を持つ種族だった。

それでも〝彼女〟は少しだけ違っていた。獣騎士団一の戦闘獣として、闘いに身を投じている時の姿は圧巻。しかし、幼獣たちの世話を手伝っている時程、穏やかで幸せそうな顔をしているような白獣だった。

その白獣を父のもとへと返して、相棒獣なしの身となってから、早七年が過ぎようとしている。

グレイソン伯爵家の人間は、すべての白獣を従わせることができた。だが、ジェドが乗りこなすと負担がかかるため、彼は必要最小限にとどめていた。

白獣は、希少種の魔力保有生物だ。グレインベルトの一部にしか生息域を持っておらず、それでいて精神的にも肉体的にも繊細な種ゆえに、極端に寿命も短くなり、現存する頭数はあまり多くない。

そのため希少性もあって金になる。見世物や食材としてだけでなく、彼らの目には魔力が宿っているために腐敗することなくコレクションできるとして、〝宝石の瞳〟と呼ばれ、かなり高額で売買される。

成獣は凶暴で手がつけられないが、幼獣であれば野犬よりもたやすく捕らえられるので狙う人間も多かった。そんな密猟から守るのも獣騎士団の役目だった。

『違法密猟団が複数、グレインベルトに入っている。どうか厳重警戒を』

春先、グレインベルトと協力関係にある近隣の領主や組織から、そんな報告を受けた。それからというもの山への巡回数も増やし、毎日警戒して対応にあたっていたのだが――。

そんな中、ジェドはその白獣に出会ったのだ。

それは想定外のタイミングで、ようやく訪れた出会いだった。

どれだけ長い間、深く山奥に隠れていたのだろうか。町に近い山のこのあたりでは見かけたことがない程の、かなり大きな白獣だった。

密猟団の侵入で騒がしくなったせいで出てきたのか。それとも、幼獣を傷つけられるのを嫌う性質から、山奥からわざわざやって来たのか——。

その白獣の後ろには、すでに始末された違法狩猟団と思《おぼ》しき人間の躯《むくろ》が転がっていた。八つ裂きにされ、食い殺された、ひどい死にざまだった。

本来の白獣というのは、こうなのだ。

決して獣騎士以外には懐かず、警戒も解かない。それはこの地に古くからあるグレイソン伯爵家と、当時の獣戦士たちの誓いと約束があるからとされている。

——我が一族と獣戦士は、白獣と共に。

ジェドが、その白獣を一目見て感じたのは、こいつなら絶対に任せられるという安心感だった。奴も同じものを感じたのか、自らゆっくりと足を進めてこちらへとやって来た。

獣騎士は、相棒の白獣がいて初めて完成される。

出会ったばかりの獰猛《どうもう》な白獣を前に、ジェドは、これまで自分の中の欠けていた部分に、ピースがカチリとはまって充足するのを感じた。

ああ、こいつがそうなのかとわかった。

その白獣からは、直前まで人を食らい殺していた獰猛な敵意なども感じなかった。警戒もなく、拒絶もなく、見定めるようにジェドを凝視している。

それから、程なくして白獣が、前足を少し屈めてゆっくりと頭を下げた。

――相棒騎士となれるかを見定めたい。

それは、彼らが獣騎士にやる第一の意思表示だった。

そもそも白獣が山から下りてくるのは、本能的に相棒の必要性を察知した時だとも言われている。時には自ら、山に入った獣騎士のもとに姿を現したりした。

もしかしてこいつも、何かしら必要性を感じて出てきたのだろうか？

父の相棒獣は、山にいた頃、自分が産んだ幼獣を絶対に守れるようにありたいと願った後、不意に不思議な衝動が込み上げたのだという。

そして、気づくと〝何か〟を探し求めるかのようにして、自分は山を下っていたのだ、とジェドに語ってくれていた。

『私には助けが必要だったの。そうして私は――満たされた』

その〝満たされた〟が、どういう感じのものであったのか、ジェドは今なら彼女の言葉の意味がわかる気がした。

この大きな白獣は、いったいどちらなのだろう。

ただの本能的な好奇心なのか。それとも、彼女と同じく強くありたい理由があったのか。もしくは人間よりも鋭い直感や察知能力でもって、この先で起こる何かに必要性を感じて……？

戦闘獣となるには、白獣自身に〝相棒獣になりたい〟という強い意思も必要だった。彼らにとって、獣騎士以外の人間を襲わないという訓練が一番苦しい。

今のところ、この白獣の本心を正確に知る術《すべ》はなかった。

こちらを受け入れて魔力をつながせてもらわないと、意思の疎通はできないのだ。まさか獣に文字を起こせとも言えない。

「――俺を見定めたいとするのならば、来い」

ジェドは、その白獣にそう告げた。

「この地の領主、グレイソン伯爵として。そして王国軍第二十四支部、獣騎士団の団長として、俺はお前を迎え入れよう」

獣は拒絶の意思を示さなかった。誘導するジェドたちについてきて、共に山を下ってくれた。

だが、ようやく見つけたその相棒獣候補は、かなりの暴れ白獣だったのだ。

連れ帰ったのはいいものの、やたら強気で指示に従う姿勢を見せなかった。同じ白獣としてなだめようとした相棒獣たちを威嚇し、警告もなく吹き飛ばして力を見せつけて怯えさせる始末だった。

人間・協力・規律・社会……野良暮らしでよく知らないでいる白獣のためにも、まずは早急に教育係を決めなければならなかった。

そのため、全獣騎士たちが集まれる演習場へ移動させることにした。

しかしその白獣は、そんな細かい指示まで聞く義理はないと言わんばかりに反抗的だった。どうにか途中までは進められたものの、環境の変化のストレスもあったのか暴れだし、近づく獣騎士や白獣たちにまで牙をむき始め――。

そんな騒ぎの中だったというのに、ジェドは不意に、彼女の気配を察知して目が吸い寄せられた。

獣舎の水場にリズがいた。日差しに照らされた華奢な背中の真ん中あたりで、春色のふんわりとした髪が揺れている。

その時、暴れていた白獣が動きを止めた。

そのまま獣が振り返って、リズに目を留めた。向こうにいた彼女も振り返り、双方の目がパチリと合ったのがわかった。

直後、その白獣が突然勢いよく走り出した。彼女の方へ一直線に猛進するのを見て、ジェドは心臓が止まりかけた。考えてみればリズは獣騎士ではない。

——白獣は、獣騎士以外には牙をむく。

ああ、なんてことだ。彼は普段では考えられない程焦り、なりふりかまわず全力で走り出した。

あの白獣は野生だ。しかも下山したことでストレスがかかっている。つい先程も、軍の敷地内には獣騎士しかいないと説得して入れさせたばかりだ。

そんな中にリズがいた。テリトリーを害されたと暴走してもおかしくはない。脳裏をよぎったのは、先程の密猟者たちと同じく彼女が食われてしまう光景だった。

「リズ！」

咄嗟《とっさ》に口から出たのは、獣に対する制止の言葉でも、部下たちへの指示でもなく、彼女の名前だった。

ああ、どうか頼む、やめてくれ。リズを傷つけないでくれ——。

その時、不意に、彼女が勢いよく転倒してしまうのが見えた。ジェドは一瞬、本気で呼吸が止まりそうになった。

「っ、あの馬鹿！」

このままだと飛びかかられてしまう――そう思って、彼女を追う白獣へと目を走らせたところで、ふと、その気配がないことに気づいた。

おかしい。普通この状況なら、彼らはトドメを差すため獲物に向かって跳躍する。

それなのに、一向に白獣がそうしないのを見て、ジェドだけでなく獣騎士たちも違和感を抱いた。

あの白獣、よく見れば攻撃態勢にはなっておらず、牙をむいていない……？

思えば背中の毛だって逆立っていないし、殺気立った反応は見せていない。そう気づいた時、立派な体を持った白獣が、四肢で急ブレーキをかけた。

「は……？」

直後、そのまま〝お座り〟の姿勢になったのを見て、ジェドたちは呆気にとられた。

しかも続いて、その白獣は、リズの顔をべろんっとなめたのだ。

白獣は、受け入れた人間しかなめない。

そして相棒獣候補が、前足を揃えてきちんと座るのは、自分の教育者を選定した際の意思表示だった。

あろうことか暴れ白獣は、リズを教育係に決めたのだ。

なんだか白獣は、これでよしと言わんばかりに満足そうだった。

対する彼女は、驚きと戸惑いでいっぱいの様子だった。すぐには言葉が出てこない様子で目を潤ませている姿は、やはりジェドの目を引いて――。

彼はつい、リズの顔をじっと見つめてしまっていた。

実を言うと、最近は自分の行動で、彼女を今みたいな表情にさせるのを楽しんでいる自覚はあった。感情が豊かで、とくに素直なところがジェドを惹《ひ》きつけて離さないのだ。

だから今、この白獣が満足そうにしている理由がわかる気がした。騎士と白獣が相棒になれるかどうかは、実は、性格的な相性も大きく関わってもいた。

これが見たくて、わざと彼女目がけて猛進したのだろう。

ジェドはそう推測して、自分の相棒獣候補に驚かされたことを思った。なんだか自分を見ているようだ……緊張が解けたばかりで、それに関しては叱る気にもなれなかった。

だが、歩き出してすぐ、その暴れ白獣がリズの隣をキープしたのを見て、ジェドはイラッとした。

その白獣は、彼女を渡すまいとするかのように、他の獣騎士を尻尾で叩いて距離を取らせた。それでいて、近づくなと言わんばかりに睨んで牽制《けんせい》する。

ジェドは「お前のじゃないんだが」と叱りたくなったし、「自分のものみたくアピールしているつもりか？」と文句を言いたくもなった。

こうなったら彼女にきっちり教育させる。ジェドの苛々は、執務室へ行ってもしばらく続いた。

そんな野生の白獣が、騎士団の仲間入りをして数日。

教育係に選ばれてしまったリズは、初めての大きな白獣相手となる世話に振り回されながらも、よくやっている。

さすがに今回は、相手が大型級の白獣だ。ジェドとしても、リズに怪我をさせるような気配が少しでもあれば、他の教育方法を考えようと思っていた。

しかし、あの白獣は、彼女の顔に擦り傷一つさえ作っていない。

恐らくは教育係に対しての節度は守っているのだろう。執務室の窓からよく見かけるが、引きずる際には芝生を選んでいて、リズをからかっているように感じる。

「つまり、ナメられているな」

ジェドは、窓の向こうを見つめてそう口にした。そこには、余裕たっぷりのあの白獣と、またしても一生懸命引っ張っていこうとする彼女の姿があった。

「団長……。頼みますから、本人には言わないであげてくださいよ」

隣で一緒にその光景を眺めていたコーマックが、そう控えめに口を挟んでくる。

ジェドは、どう答えたもんかなと口を閉じたまま考えた。

実は先日、顔を出した際に本人に伝えていた。見ていて飽きないし、彼女の反応も面白いので、ようやく少しだけ空いた時間に足を運んだのだ。

『ナメられているな』

『そんなのわかってます！　だから団長様にかまってる余裕もないんです！』

そう一呼吸でぴしゃりと言うと、彼女は涙目でぷんぷんしながら、すぐに白獣の教育に戻ってしまったのである。

ジェドはこの時、なんだか少しだけ面白くない気持ちだった。

すぐに終了になってしまったのも物足りない。先日のリズとのやり取りを思い出した彼は、どうにか一人の時間をつくれないだろうかと考える。

次に彼女のところに顔を出せるのはいつになるか。密猟団対策で詰まってしまっているスケジュールを、調整すべく思いを巡らせた。

三章　獣騎士団でのモフモフライフ

その翌日も、リズは引き続き教育係として奮闘していた。

ジェドの相棒獣候補であるカルロは、ブラッシングは嫌がらずやらさせてくれるようになった。しかし、なかなか他の教育は素直に受けてくれなかった。

もう一日のルーティンは把握しているようなのだが、実際にこなさせるのは難しかった。

たとえば、水浴びを拒否したり、食事の途中で獣舎を飛び出したり。近くの相棒獣に飛び蹴りを入れにいき、決められたルートから外れるのも相変わらずだった。

与えられている集中教育期間は、一週間である。

残すところ、今日を含めて三日。できる限りやろうと決めていたリズは、この日もカルロの部屋に戻ると、一人と一頭で反省会を開いていた。

「散歩コースを外れて、なんであっちに行こうとしたの」

【飛んでた鳥、バクッとしてやろうかと】

カルロは、しれっとした表情でガリガリと地面に字を刻む。視線の高さを合わせるために、リズは彼に伏せの姿勢をさせていた。

「ご飯食べた後だったのに、バクリとしようとしたの⁉」

【本能。仕方ない】

「鳥さんが可哀そうでしょう！」

連日の奮闘で怖さなど吹き飛んでいたリズは、室内に敷かれているやわらかいチップの上で座り込んだまま、バシバシと手で床を叩いて主張する。

そもそも白獣は肉食獣である。

カルロは、ものすごく何か言いたそうな顔をした。自分に向けられた視線に気づかないまま、リズは思い返しふぅと息を吐いた。

「一週間目には、首輪と散歩紐をしなくてもいいようになるのが目標なんだけど。……別舎ではオーケーをもらえても、それもあって他はまだダメなのよねぇ」

通常、新入り白獣だと、首輪と散歩紐が外れるまでの目安は一週間である、とは教えてもらっていた。

でも、このままいくと全解除は難しい。獣騎士団でも異例の大型級白獣であるというし、カルロの場合は、こうして限定的にどんどん解除していけばいい方なのだろうか？

リズは考え込んでしまう。それを紫色《バイオレット》の目でじっと見つめていたカルロが、また一本の爪を出してガリガリとした。

【別に、あってもなくても一緒】

地面に刻む音が聞こえたリズは、それを目に留めて「うっ」と言葉を詰まらせた。今日も、散歩紐を持ったまま引きずられていたのを思い出した。

「たしかにそうだけど……」

圧倒的な力の差は否めない。もはやあの散歩紐に意味はあるのか……と考えたところで、リズはハタと気づく。そもそもカルロが引っ張るのが問題なのだ。

その時、ガリガリとまたしても音が聞こえた。

【なぜ、首輪を外すことにこだわる?】

書き終わったカルロが、じっとリズを見つめる。室内に差し込んだ日の光で、その瞳の紫色《バイオレット》は、大自然が生み出した神秘みたいにとても美しい。

ふと、リズは最近、カルロの落ち着いた目をよく見ていることに気づいた。

だから自分も怯えずに接することができているというか、カルロだったら大丈夫と信頼して、教育にあたれているというか……？

難しいことはわからない。でも、もとから賢い獣だ。理由もなく睨みつけてくることなんてないのだろう。

「だって、あなたたちはいつだって自由でしょう？」

ただリズは、安心感をもってカルロにそう答えた。

「自然の中で伸び伸びと暮らしていて、首輪なんて全然イメージになくて……首輪と散歩紐だなんて窮屈そうで。ない方が自由かな、って」

言いながら、リズは視線を落としていた。自分なりに気持ちを伝えてみたものの、言葉にするのは難しい。

カルロは、しばらく黙っていた。

どれくらい沈黙を聞いていただろうか。不意に、ガリガリと音が聞こえて、リズはそちらへ目を向けた。

【考えたことない】

本当にそうなのかしら？

リズは、返ってきた答えを疑問に思った。人の暮らしを知らずに生きてきたとはいえ、首輪を見せた時、首につける物だと理解していた。

思えば、カルロは首輪を拒んだことは一度もなかった。それは、こうして相棒獣になろうとやって来たのには、何か理由があるからなのではないだろうか……？

「ずっと山奥にいたんだろうって、トナーさんたちが言っていたの」

リズはそう切り出した。幼獣たちの成長日記を渡された時、獣騎士たちから聞いた話を思い出していた。

「こんなにも大きな白獣は、見たことがないと話していたわ。白獣は人の気配にも敏感で、ほとんどが姿を隠すからって。でも、あなたを見つけたのは麓《ふもと》に近い場所だったから、それも驚いたらしくって」

自らの意思で出てきて、近づく獣騎士たちに気づいてもとどまった。

リズは、そんな白獣の様子を想像しながら尋ねた。

「ずっと山の奥で暮らしていたのに、どうして下りてきたの？」

するとカルロは、思い返すような目で足元を見た。少し考えた後、のっそりと大きな前足を持ち上げて、チップをどかした部分の地面に字を刻む。

【予感がした】

「予感？」

【オレは、会わなければならない、と】

リズが読んだのを確認してから、カルロはいつものように地面をならして文字を消す。そうして彼は続けて、こう書いていた。

【たびたびそう感じていた、でもよくわからない】

そこで、その話はしまいになった。

その翌日も、リズのがんばりは続いた。

つきっきりで教えられる時間は、今日と明日までだ。どうにか獣騎士団内で、相棒獣たちがしている一日の流れを、カルロもできるように努力した。

起床、ご飯、散歩、ブラッシング……それぞれのタイミングや所要時間については指示に従うようになり、なんとなく流れもスムーズになってきた。

とはいえ、これは基本的な生活行動というだけだ。

まだカルロには、日課としてこなせるようにしなければならないことが、たくさんあった。

本来であれば、そこに訓練全般のスケジュールなども入る。人を乗せることに慣れる騎獣訓練なども、相棒獣になるためには必要なのだとか。

だが、カルロがそこにたどり着くまでの道のりは、まだまだ遠そうだった。

徐々に獣騎士団に慣れつつあったものの、ここで暮らすための基本的なことを習得させるのに一苦労で、あっという間にタイムアップが目前に迫る。

気に入ってくれたのか、唯一ブラッシングだけは、他の相棒獣たちがいようとおとなしくして完璧にやらせてくれた。

その日も結局はドタバタと過ごし、気づけば翌日の最終日を迎えていた。そして集中教育期間も、あっという間に終わってしまったのだった。

「一週間の間に、何事もなく歩かせるのに成功したのって、結局三回くらいだけだった気がする……」

リズにとって、大きな戦闘獣のしつけなんて初めての経験だった。カルロは言うことを聞くまでには至らず、自分の不甲斐なさに涙が出そうだ。

でもギリギリまでがんばった甲斐あってか、カルロも生活面は最低限こなしてくれるようになっている。

おかげで首輪については、運動がてらの散歩など、相棒獣たちと多く遭遇する時以外はしなくてもいいことになった。そこは正直いうとうれしい成果だ。

「今日からは、世話係の方もがんばらないといけないわね」

リズは歩きながら、弾んだ声でそう意気込んだ。

教育係八日目、本日は一週間ぶりに幼獣舎へと向かっていた。

今日から、世話係復帰である。先日まで獣騎士たちにすべて任せていたので、ようやく、あのかわいいもふもふの幼獣たちに会えるのだとうれしくもあった。

とはいえ、ジェドの相棒獣候補であるカルロの教育も引き続きだ。リズが幼獣の世話に入れない時間帯については、獣騎士たちが協力続行して代わってくれることになっていた。

「世話係と教育係の両方とはいうけれど……実質的に、私がつきっきりなのはカルロの方なのよねぇ」

チラリと振り返ると、白い優雅な尻尾を揺らして歩くカルロの姿があった。いつも通り朝一番に彼の部屋に寄った後、今、幼獣たちのところへ一緒に向かっているところだ。

教育係は、人間との暮らしを教えるためにも、ほとんどつきっきりでそばにいるものであるらしい。

そのため、本日から幼獣の世話に同行させることになっていた。

でもリズは、カルロがおとなしく自分の番が来るのを待つイメージもなかった。だから今朝、今日からのスケジュールを説明した後で、こう提案したのだ。

『カルロのための時間は十分取ってあるの。あの子たちの世話で何度かここを離れるけど、必ず時間までに戻ってくるわ。だから、安心してここで待っていて』

そうしたら、カルロはガリガリと地面にこう書いた。

【オレの予定がくるまでそばで待つ。だから連れてけ】

部屋での待機を断わられてしまった。

そう答えた通り、カルロは幼獣たちの世話の準備をしている間もおとなしくしていた。聞き分けのいい獣みたいに、ただただリズの後ろをついてくる。

普段から、そうしてくれると助かるんだけど……。

もとより賢い獣である。もしかしたら、昨日までの一週間の集中教育のおかげもあるのかもしれない。

それに白獣は、幼獣を守る習性がある。安全だから幼獣舎に連れていっても大丈夫だとは、獣騎士たちからも聞かされていた。

「カルロの大きさだと窮屈だと思うし、みんながびっくりしちゃうだろうから、中には入らないようにね」

幼獣舎に到着したリズは、戸を開ける前にそう声をかけた。戸をくぐるのも、カルロならギリギリになってしまいそうだ。

するとカルロが「ふんっ」と鼻を鳴らした。〝了解〟なのか、〝気分次第だ〟という回答なのか、どちらの意味でそう返してきたのかわからなかった。

リズは、一週間ぶりの幼獣舎の戸を開けた。

その途端、白いふわふわなミニサイズの白獣たちが目に留まった。事前にリズの匂いや気配を察知していたのか、みんなで入り口に大集合して待っていた。

「みゃん！」

「みょみょっ」

幼獣たちが、大きな紫色《バイオレット》の目をキラキラさせて見上げてくる。大歓迎されている感じが伝わってきて、大変うれしい反応であった。

ようやくの再会だったリズは、思わずパッと口元を押さえて感激に瞳を潤ませた。

「あなたたち、私を覚えてくれていたのね……っ」

「みゅーー！」

あたり前と答えるかのように鳴きながら、彼らが一斉に足元に寄ってきた。短いふわふわな尻尾と丸みのある耳は、ぷるぷるしている。頭や体をぐりぐり押しつけてくる様子は、会いたかったと言わんばかりの反応だった。

もふもふ、小さい、かわいい、温かい。すごくふわっふわしてる。

「私もすごく会いたかったわ！」

リズが応えるように膝をついて腕を広げると、幼獣たちが飛び込んできた。

感激が増してぎゅっと抱きしめた途端、顔をぺろぺろとなめられた。ザラザラとした温かい舌触りが、くすぐったい。

「ふふっ、みんな元気にしてた？」

世話に入るたび獣騎士たちが、一頭ずつ丁寧に日記をつけてくれているので様子は知っている。よく食べ、よく眠り、走り回っているという。

それを思い返しながら、リズは抱きしめている幼獣を少し持ち上げてみた。

「あら。少しだけ体重も増えたかしらね」

「みゅっ、みゃう！」

「ふふふ、くすぐったいわ」

肩やら首の間やらにも、幼獣たちがぐりぐりと頭をこすりつけてきた。もうもみくちゃでくすぐったくてかなわない。

騒ぐ声が気になったのか、開いた戸の前で待っていたカルロが、しかめ面で入ってきた。

その途端、幼獣たちが初めて見る大きさの白獣を前に「みゅー！」「みょー！」とテンションマックスで歓喜の声を上げた。ぴょんぴょん足元ではねだされたカルロは、少しだけ困ったように一歩ずつ慎重に足を進める。

驚くかと思っていたけど、どうやらリズの心配しすぎだったようだ。カルロをそのままにしておくことにして、彼女は幼獣たちに言った。

「みんな少し落ち着いて。ほら、カルロが珍しく困ってるから足にのらないの。順番にみんな抱っこしてあげるから、こっちへいらっしゃ――うきゃっ」

自分はおんぶーっと言わんばかりに、二頭の幼獣がリズの背にダイブする。

完全に下に見られているんだろうなぁとは感じたが、かわいいので仕方ない。体勢を半ばどうにか戻すと、頬にすり寄る幼獣も愛情深くなでた。

温かいし、ふわふわで幸せだ。

リズは、警戒心皆無でふにゃりと微笑んだ。

その途端、リズのそばで腰を下ろしたカルロが、むっと鼻の上に小さくしわを寄せた。存在を主張するように、どの白獣よりも優雅な尻尾で彼女の背に合図する。

「ひぇっ、くすぐったい……！」

唐突のソフトタッチに驚いて振り返った。カルロになでられたと受け取ったのか、背中からころんっと落ちた幼獣たちが、きゃっきゃと楽しげに騒いでいる。

「いきなり何するのよ。どうしたのカルロ？」

「ふんっ」

また尻尾をよこされて、今度は振り向いた顔にもふっとあたった。

さすが丹念にブラッシングしているだけある。かなり手触りはよくて、カルロの幼獣と違う優雅な毛並みに、一瞬「ああ、いい」と思考が持っていかれた。

と、続いてカルロが、ぐいぐいリズの肩を頭で押してきた。

「えっ、ちょ、カルロは力強いんだから、そんなに押さないで」

それを見た幼獣たちが、自分たちもカルロに続け！と言わんばかりに、喜び爆発で一気に飛びかかってきた。

全体重で肩や背中にのしかかられてしまったリズは、体を支えていられなくなった。

「うぎゃっ」

声を上げて仰向けに倒れ込んだ途端、幼獣たちが「みゅー」「みゃー！」と一斉にかまってと主張してきた。

体にはのるし、頭で顔やら首やら腹にもぐりぐりしてくる。とくに幼獣たちは、リズの顔中をべろべろとなめるのに夢中だった。

朝に食べた、パンとジャムの香りが残っていたのかしら？

もみくちゃにされたリズは、くすぐったいし目も開けられない。久々の彼らとの交流がうれしくて、スカートが乱れるのも気にせず笑った。

「ふふふ、待ってくすぐったいの、落ち着いて。ちゃんとミルクご飯も用意するから」

そうしたら今度は、カルロの方も大きな舌でべろんっと顔をなめてきた。

幼獣と違って獣的なザラザラ感が二割増しで、くすぐったさも倍増だった。そのそばから、楽しげに負けじと幼獣たちもぺろぺろしてくる。

「あはははなんでこんな時になめてくるのよ」

まずは幼獣たちを顔から引き離そうと、リズは笑い声を上げながら、足をバタバタさせてがんばっていた。

するとその時、開きっぱなしの戸をノックする音が耳に入った。

「……お前は、いったい何をしているんだ？」

声が聞こえて、白獣たちがぴたりと止まった。リズは後頭部をやわらかなチップの地面につけたまま、彼らと共に来訪者に気づいて目を向ける。

そこにはジェドがいた。こちらを見下ろす顔には、かなりあきれた表情が浮かんでいる。

幼獣にもカルロにも下に見られて、もみくちゃにされているせいだろう。押し倒されてぺろぺろなめられ放題だったリズは、少し遅れて今の状況を自覚した。

自分のスカートが乱れてしまっているのを、ジェドに見られている。

そう意識した途端、恥ずかしさを覚えて慌てて上体を起こした。幼獣たちがぴょんっと素直に離れてくれる中、手早くスカートを引っ張り下ろして足を隠す。

「ふうん」

リズの手元を見ていたジェドが、思案気につぶやくと幼獣舎に入ってきた。

「獣相手なら恥ずかしくないのに、俺が来たら隠すのか」

それはそうだろう。だってジェドは人間で、大人の男性なのだ。リズだって年頃の女の子なので、とくに異性の視線は気になるのはあたり前だった。

「か、隠すのはあたり前じゃないですか。私だって、十七歳ですし、それくらいのマナーは知ってます」

田舎暮らしのリズも、幼い頃から足や肌を隠しなさいと言われて育った。社交界だと、女性が足を晒《さら》すのはいけないことだと言われているとも聞く。

それを知っていて言うなんて、ほんと意地悪な人だ。

そう思って、リズは頬を恥じらいに染めたままうつむいた。すると、どうしてかジェドが隣にしゃがみ込んできた。彼が横顔を覗き込んでくるのを感じて、ドキドキしてしまう。

「お前が勝手に名前をつけたカルロだって、オスだぞ。そっちにいるちっこいやつの大半も、恐らくはオスだ」

「え？　でもカルロも幼獣も、白獣ですよ」

　比べられた対象が意外で、リズはきょとんとしてジェドを見た。

　こちらを見すえている青い目は、屋内でも宝石みたいに色合いが鮮やかだ。目が合った途端、だからなんだと言いたげに見つめ返されてしまった。

　いったん再会の喜びが落ち着いた幼獣たちは、二人の周りにちょこんと座って状況を見守っている。

　リズは不思議に思いながらも、彼の眼差しの問いにこう答えた。

「だって白獣は、下心もないですし」

　するとジェドが、フッと口元に意地悪な笑みを浮かべた。

「ほぉ。俺には下心があると言いたいわけか」

「えっ——あ、違います。そういうことじゃないんです」

　どうやら答え方が悪かったらしい。この鬼上司が絶対零度の空気をまとってしまったらアウトだと、リズはあわあわと慌てて弁明した。

「一般論ですよ。別に団長様だけに対して警戒しているわけじゃなくって」

「一般論、ね」

しゃがんでリズと視線の高さを合わせているジェドが、ずいっと顔を覗き込み、信用していない様子で口を挟む。

「お前が警戒しているつもりがあるとも思えないがな。よく部下の前でもこけているし、スカートを気にせず走ってもいるしな」

「うっ。あの、でも、私のスカートは重くて広がりにくいですし……」

事実を突きつけられて、答えるリズはしどろもどろになる。そういえば、社交界だと、淑女教育を受けた女性が走ること自体、ないような……。

彼は、団長である前に伯爵で貴族紳士だ。たぶん、そこからマナーついて指摘しているのだろう。

目の前からじっと見てくるジェドの美しい顔を見ていたら、まとっている空気が自分とは全然違っていることを感じた。生きている世界が違う。

この人、そういえば領主様でもあるのよね……。

自分の知っている一般論で答えたらダメなやつだ。近くに腰を下ろしているカルロからも、あきれた視線を向けられているのがリズにはわかった。

「えっと……、団長様に下心があるからという意味じゃなかったんです」

困った末に、リズは「本当ですよ」と弱々しく伝えた。

「そもそも団長様は大人ですし、私みたいな子供をなんとも思わないことくらい知っていますし」

「──ふうん。俺が大人、ね」

ジェドが思案顔で、よそを見やって言う。

「つまり大人だから、獣にじゃれられて好きにされているお前を見ても、何も感じなかったと、お前はそう言いたいわけか」

確認するように目を戻される。なんだかよくわからなくて、リズは困ったように彼を見つめ返した。

「ええと、さっきのことをあきれられたのは知ってます。私は獣騎士ではないですし、でも幼獣たちに飛びかかられていたのも、一週間ぶりのスキンシップでして──」

「じゃあ、俺に下心があったら?」

不意に台詞を遮られた。

唐突な問いかけで、リズはさっきの話の続きだとすぐに気づけなかった。理解するまでに時間がかかってしまっていると、彼が言葉を続けてきた。

「俺が『隠すのか』と聞いたのが、もともとお前に下心があった上で、質問したのだとしたら?」

ジェドは、宝石みたいに美しい青い目で見すえてくる。

彼が私に？　そんなはずないだろう。そういう行動については、魅力的に感じて心動かされるものであるとぼんやり認識しているだけに、リズは戸惑った。

「太ももなめられていた」

「えっ、あ、そう、だったんですね……」

急にそんなことを言われて、ますます返答に困った。

すぐそこに、こちらを見下ろすジェドの神秘的な青い目がある。かなりジェドが近い。よくわからないくらいに胸がドキドキして、つい意識してしまう。

「あの、団長様……？」

リズは戸惑い気味に、彼との距離を取るように後ずさった。

すると直後、彼が片膝を立てて前進してきて、リズが後ろにいった分だけ距離を詰めてきた。

「別に、お前を子供だと思ったことはないが。十七歳なんだろう、素行を除けば十分淑女だ」

え？　私が淑女？

先程の妙な質問に続いて、彼の口から意外な言葉を聞いた気がする。けれど考える暇もなく、不意にリズはジェドに手を取られていた。

「見えた足も、俺にはこの手と同じくらい、白くて綺麗だと思えたがな」

「え？」

「隠すのがもったいないくらい」

そのまま手が引き寄せられる。まるで騎士か貴族紳士が挨拶のキスをするみたいな自然な仕草で、彼が手の甲をぺろりとなめた。

リズは生温かさにびっくりし、かぁっと赤面して手を引っ込めた。

「な、なにをしているんですかっ」

「幼獣たちだってなめていただろう」

真顔で言い返すジェドが、リズに〝その手をもう一度よこせ〟というかのように手を差し出してくる。

「それと同じだ、なんか面白くなかったから俺もやった」

「同じじゃないですよ、何をおっしゃっているんですか！」

思わずリズは、恥じらいに染まった顔でそう言った。

「リズ。いいから、手をよこせ」

「ひぇっ、なんでですか嫌ですよ⁉」

自然な感じで名前を呼ばれて、リズはさらに警戒心が煽られた。ますますその手をかばって、彼から離れるように後ずさりする。

「なんでなめられないといけないのか、わかりませんっ」

「俺もよくわからんが、なめた感じは悪くない。それに、真っ赤になっているお前を見ていると、またやりたくなった」

信じらんない、この上司ほんと鬼だ……！

「意地悪な理由で続行したいんですか⁉」

そう言い返した時、座り込んでいた腰を抱き寄せられた。

えっと驚いた直後、続いて手を取られた。「あっ」と声が出た時には、彼の口元に掌を押しつけられてしまっていた。

「幼獣たちの気持ちが少しわかるな。どちらで触っても心地がいい」

ジェドが、見せつけるようにぺろりと掌をなめる。指の間にも舌を這わせ、指先をちゅっと吸い、再び手の甲にも舌先をすべらせてちゅくりと口づける。

押しつけられた体が熱い。ドキドキしすぎて、リズは頭がぐらぐらしてきた。

いったい何がどうなっているのか、さっぱりわからない。目の前にいるのは獣騎士なのに、その仕草を獣みたいに感じてしまうのは、なぜだろう？

「お、おふざけにしても度がすぎます」

「初心《うぶ》だな——白獣のスキンシップと同じだろう？」

「何度も言いますがきっと違います！　お願いですから団長様もう離してくださいぃ」

後半、もういっぱいになって涙声になった。

するとジェドが、少し舌先を出した状態で止まった。しばし考えている様子を、幼獣たちが大きな目で不思議そうに見つめている。

「わかった。もうしない」

そう言うと、彼があっさり手を離してくれた。

いつの間にかスカートを踏むくらい近くにいたジェドが、そこからどいた。立ち上がってすぐ、こちらへと手を差し出してくる。

エスコートされることに慣れていないリズは、潤んだ目で疑問いっぱいに彼を見上げてしまった。

「なんですか？　もう、しないんじゃ……？」

「そう怯えるな。ただ手を取って立ち上がらせるだけだ」

「あ、そうだったんですね……いえ、私は一人で立てますから」

「地べたに座っている女を、放って一人で立たせる紳士がいるか」

そう返されたリズは、鬼上司なのにと不思議に思った。先程の淑女発言の件もそうだが、そういうところは〝貴族〟で〝騎士〟様であるらしい。

リズは、おずおずと手を伸ばした。大きな彼の掌に遠慮がちに指を添えたら、じっと見つめていた彼が優しく握り込んできた。

「そうだ、それでいい」

そう言った彼が、立ち上がらせたところで、なんだか満足げにニヤリとする。

その表情は普段通りだった。初心なリズが恥ずかしがった先程のことも、彼にとってはなんでもないことであったらしい。

貴族が手に挨拶で唇をつけるようなスキンシップと、同じ感覚なのだろうか。そうすると先程のことも、本当に、ただ幼獣たちを真似ただけで……？

でも、そもそもなんで彼は『面白くない』と言ったのだろうか？

リズが今さらのように思い出して首をひねっていると、珍しくおとなしくしていたカルロが、ダメだこりゃと言わんばかりに、鼻から小さく息を吐いて立ち上がった。

カルロにぐいぐいと背中を押されて、リズは「あ」と気づいた。

足元を見れば、目が合ったチビ白獣たちがパァッと表情を明るくした。短めのふわふわとした尻尾を振って、期待を込めた眼差しで口元をぺろりとする。

彼らはおなかが空いているのだ。

再会を喜び合っていたせいで、本日の一回目の世話はこれからだった。こちらが終わったら、次はカルロの方の予定が待っている。

「団長様、少し急ぎますのでご退出ください」

リズは使命感のもと、相手が鬼上司であるのも忘れたかのように、戸口へビシリと指を向けた。

そう言われたジェドが、機嫌を損ねた様子でチラリと眉を寄せる。

「俺が一番の上司なのに、いい度胸だな」

「あ、すみません。つい——でも団長様だって仕事が入っているはずですし、私の方もこの後、獣舎のブラッシングルームへ行く予定があります」

「ブラッシング？」

そう問い返されたリズは、しっかり彼の目を見つめて「はい」とうなずいた。

「今の時間、ブラッシングルームは他の相棒獣たちで埋まっていて、あと少しで空くんですよ。カルロの毛並みの世話をしなければなりませんので」

ブラッシングは、獣が人に慣れるための第一段階目の大切な交流の一つだ。今やカルロも気持ちがいいものとわかって、ブラッシングについては、率先してスケジュール通り動いてくれていた。

それをようやく思い出したジェドも、なるほどと理解した顔をした。何やら言いたげな目を、すっかりやる気に満ちたリズへ戻す。

「お前、なんだかんだ言って、教育係として結構うまく日課をこなせられるようになっているんだな」

褒められているのか、あきれられているのかわからない口調だ。

リズは、ジェドがなんだか珍しい表情をしている気がして小首をかしげた。その後ろでカルロが、ブラッシングの予定には絶対に遅れるなよと、念でも送っているかのような表情をしていた。

◆§◆§◆

幼獣たちの世話係と教育係の両立は、結構ハードだった。

離れていた間の寂しさを埋める勢いで、幼獣たちは元気たっぷりだった。それもかわいい苦労と思えるくらいに、カルロとの時間はさらに大変でもあった。

世話係を再開してから二日後、午後の昼食休憩から少し経った頃。

リズはいったん、幼獣舎で幼獣たちがお昼寝するのを見届けてから、続いてはカルロの運動がてらの散歩という、教育係としての仕事に取りかかった。

敷地内を歩かせて運動させるのも、獣騎士団に所属している白獣たちにとって大切な日課の一つである。

太陽の日差しを受けることで体内の魔力も安定する。それを習慣化しルートを覚えさせるのも教育係の仕事の一つだった。

――が、カルロは決められた道を、まだ真っすぐ進んでくれない。

「おーねーがーいーッ、そっちはダメなのおおおおお！」

散歩を開始して十分、リズはカルロの首輪につながっている散歩紐を、必死になって引っ張っていた。

非力な娘が大型級の獣の力にかなうはずもない。踏ん張っているリズの足は、匂いを嗅ぎながら進むカルロに少しずつ引きずられている。

自分の教え方が悪いのか、それともまだ一週間と数日であるせいか？

カルロは野生暮らしが長く、性格も自由気ままで気分屋だ。敷地内はとっくに把握しているのに、決まった時間に、決まったコースを歩かせる散歩だけは、まだダメだった。

そのため毎回、リズは戦闘獣相手に散歩紐を必死になって引っ張らなければならなくなっている。まるで大きすぎる犬を連れているみたいになっていた。

「そっち側は一般の別館だから、ほんとダメなのっ！」

カルロの進行方向には、本館側と別館側を隔てる壁があった。

向こうは、獣騎士以外の勤め人たちがいるところだ。白獣は獣騎士以外なら襲う。もし、今、別館側から職員が出てきたら、バクリとされてしまうだろう。

リズは想像して「ひぇぇ」とか細い声を漏らした。ここからカルロを引き離して、どうにかもとの散歩コースに戻さなければならない。何がなんでも、絶対に行かせてはダメだ。

＊　＊　＊

実は先日、本館側に用事に来ていた別館の元上司と先輩に会った。

向こうの建物の窓から、時々がんばっている姿が見えているらしい。リズが異動してからというもの、全員で陰ながら応援しているのだそうだ。

『ほら、わざわざ遠い地から一人で来て、仕事を続けたいからと一生懸命がんばっていたからさ。俺も部下たちも、妹的な感じで応援していたんだよ』

『課長……っ、私、てっきりみんなから揃って新入りの洗礼を受けているとばかりに思っていて、ほんとすみませんでした！』

『おいおい泣くなよ。俺がエリザたちに怒られる。数少ない女性職員も心配してさ、人気の団長様の話題もすっかり二の次で、みんなお前のことばかり話してるよ』

別館で二週間上司だった彼と、そして一緒にいた課の先輩も困ったような顔をしていた。

リズは、応援がうれしくて涙を浮かべた。エリザというのは、もといた課のリーダーで、別館の女性たちをとりまとめている仕事に厳しい先輩でもあった。

『エリザ主任、鬼先輩だとか思っちゃってごめんなさいぃぃ！』

『ははは、泣くな泣くな。相変わらず素直だな～。まっ、リズは真っすぐで一生懸命だから、嫌味がないし、俺たちとしては別にいいんだけどな』

『それもあって、こっちでやっていけているんだろうな』

『たしかに』

その先輩は、上司と揃ってなんだか納得顔だった。

『思った通り白獣に懐かれているのを見て、まぁ、驚きはしたんだが……』

『俺としてはそれ以上に、リズがかなり大きな白獣の教育係をやっているらしいとわかった時の方の衝撃が、大きかったですね』

そう上司に相づちを打った先輩に、リズは不思議がって尋ねた。

『どういうことですか？』

『ん？　ああ、エリザ主任たちもさ「あの子、なんかいろいろと不憫《ふびん》っ」「一年の就職活動でも不運続きだったのに……っ」って、同情してめっちゃ泣いてた』

ああ、つまり外れクジを引かされたとでも思われているわけか……。

なんとなくリズが察していると、彼らはねぎらうような、やわらかな苦笑を浮かべてこう言ってきた。

『まっ、がんばれ。あのエリザたちが、すぐ好きになったくらいだ。いい奴だから、きっと白獣もお前を拒絶しないんだろうさ。元上司としては、獣騎士団からの抜擢《ばってき》は誇らしいし、仕事が続けられているお前の活躍が素直にうれしいよ』

『その異例のデカい白獣、無事にジェド団長の相棒獣にできるといいな。ようやく見つかったと聞くし、大役だ。俺らも応援してるから、がんばれよ』

＊　＊　＊

それが、先日のやり取りである。

別館側の職員に関しては、何がなんでも誰一人『バクリ』とさせてはいけない。みんな大切な〝先輩〟で〝上司〟だ。

つまり死ぬ気で、がんばらなければ。

リズは、ゴクリと唾をのんだ。先程よりも強く散歩紐を引っ張られるのを感じて、一時力が緩んでしまっていたのに気づいてハッとした。

「いやいやいやそっちはダメだったら！」

慌てて両足を必死に踏ん張った。途端にカルロが面倒くさそうな顔をして、なんだ今さらまたがんばるのかよ、と言わんばかりに目を向けてくる。

毎日のように筆談が続いているせいか、その目は〝さっきぼけぇっとしてただろ〟と語っている気がした。でもたぶん、カルロの性格からすると、その直感は間違っていないようにも思うのだ。

「何度も説明したけど、あの壁の向こうはここと違うのっ」

ここに慣れてきたこともあって、壁の向こうにはいったい何があるのか好奇心があるのだろう。

別館は建物も大きくて、こちらからは階上と屋根は見えている。ああ、もし窓から元同僚たちが見ているとしたのなら、さぞ青い顔をしているに違いない……。

リズはそう想像して、頼りない自分に心の中で泣いた。

いや、ここはがんばり時だ。教育係の名にかけて、絶対に向かわせない！

「さっ、戻るわよカルロ！」

応援してくれている別館の上司や先輩たちを思い、リズは反対側へ体を向けてがんばって引っ張った。

カルロは、まったく効果なしと言わんばかりに、その様子を悠々と上から目線で見下ろしていた。しかし、しばし考え――不意に抵抗をやめる。

散歩紐が唐突に緩くなって、直後、リズは芝生にべたーんっとダイブした。

場にしばし沈黙が漂う。いきなりのことで、すぐには動けなかった。降り注ぐ太陽の日差しを受けたやわらかな芝生からは、暖かな春の匂いがしていた。

カルロは、動かずに待っている。

やや間を置いて、リズは「もしや」と思い至った。

ひとまず立ち上がってスカートを軽く直す。ああ、まさか。そう思いながら目を向けてみれば、小馬鹿にする顔で見下ろしているカルロがいた。

「ふふんっ」

そのまま彼が、フッと勝ち誇った表情をリズに浮かべてみせる。

「……うわー、鼻で笑われた……」

また、からかわれたらしい。教育係が始まってからずっと、獣に駆け引きで負けている自分って……とリズは、思わず悲しげに独り言をつぶやいてしまう。

しばらく動けないまま考えていると、カルロが小馬鹿にするように、ふさふさの尻尾で優しくぺしぺしと体の横を叩いてきた。

なんだか、散歩に戻るぞと要求されている気がする。

最近はかなりブラッシングにご満悦の様子なので、ただただブラッシングで見事になった尻尾を自慢されているだけ――のような気もしてきた。

「悲しいことに、すごく上質な羽毛でふわふわとなでられているみたいで、自分の意思に反して幸福感が込み上げてくるのよね……」

小馬鹿にされているとわかっているのに、カルロの尻尾は獣騎士団一だとも思っているリズは、心地がいいし泣きたいし、複雑な心境だった。

その時、どこからかよく知っている声が聞こえてきた。

「午後一番の散歩か？　がんばってるな～リズちゃん」

そちらに目を向けてみると、相棒獣を連れた数人の獣騎士たちの姿があった。どうやら彼らも、自分たちの相棒の白獣に散歩をさせているところであるらしい。

そうすると、このコースが終わったら、次はあそこかな？

リズは、教育係になってから知った相棒獣の日課を思い返した。散歩も大切なのだが、午後のこの時間帯は、他にも彼らに必要なスケジュールが組まれているのだ。

そう考えていると、獣騎士たちがコースを少し外れて歩み寄ってきた。最近はカルロが喧嘩を売っていくことも少ないので、白獣たちもすぐ後ろを冷静についてくる。

「今日もデカいのを連れてるなぁ」

「あの、私の相棒獣というわけではないので……」

リズは誤解のないよう、まずそう答えた。

「私はただの教育係なんです」

「まぁ、うん、それは知ってるけどさ」

そもそも相棒獣は、相棒騎士を引きずったりしない。

そう習ったことを思い返したリズは、同じくそれを考えていた彼らと揃って、微妙な空気を漂わせる表情を浮かべてしまった。

「えっと、皆さんはこれから訓練場ですか？」

リズは、気を取りなおしてひとまず尋ねた。

「おぅ。トレーニングがてら、ガッツリ体を動かさせてやろうと思ってな」

言いながら、獣騎士の一人がその方向に親指を向ける。

あちらにある訓練場は、戦闘獣用のトレーニングにも使われていた。騎士たちが実際に騎獣して、彼らの魔力を引き出すコンビネーション特訓が日常的に行われているのだ。

本来であれば、相棒獣を目指しているカルロに、見せた方がいい場所の一つでもあった。恐らくは同じ戦闘獣として、いい影響を与えてくれるだろう。

しかし、訓練場では魔力操作によって相棒獣たちの戦闘本能が高められる。そのため非獣騎士の教育係であるリズは、安全を考えて立ち入りを制限されてもいた。

「カルロは、やっぱり騎獣訓練とか気になる？」

思わず、チラリと見上げて尋ねる。

しばしカルロが、美しい紫色《バイオレット》の目でリズをじっと見下ろす。別にと答えるように鼻を「ふんっ」と鳴らすと、そのままリズの隣で〝お座り〟した。

いったん途切れた会話の中、獣騎士たちが、申し訳なさそうなリズの横顔に気づいて首をかしげる。

「どうした？」

そう問われたリズは、どうしたものかと迷った末に「実は」と白状した。

「私は教育係に指名されましたけど、やはり一般人ですし……カルロに十分な勉強をさせてあげられないなぁ、って」

初めは、なんで教育係なんてと思ったものだ。でもカルロと共に過ごすうちに、リズの中で考えも変わってきていた。

少しずつ獣騎士団内のことを覚えていくカルロを見て、いつか相棒獣として立派にデビューさせてあげたい、という気持ちが芽生えた。

その思いは、日に日に強まっている。相棒獣になれば、仕事のお供としてこの敷地内から外へ出ることができるのだ。――相棒騎士を乗せて、自由に空を駆け、外の散歩にだって行けるだろう。

自由なカルロには、そんな日々がとても合っているような気がした。

「やっぱり、私が教育係だから、なのかな……」

だからカルロは、まだいろいろとこちらの暮らしに慣れないのだろうか？

そう思ってうつむいてしまっていると、一人の獣騎士が、「そんなことはないさ」と苦笑を浮かべて言った。

「リズちゃんは、よくやってると思うよ」

「おかげで、その規格外の新入りだって、来た当初よりだいぶ落ち着いた」

「他の相棒獣に、喧嘩を吹っかける光景もあまり見なくなったしな」

獣騎士たちは、そう明るい声で励ました。

リズは、ここへ来てから世話になりっぱなしの彼らや、穏やかな眼差しで自分を見守ってくれている彼らの相棒獣を見て、やわらかな苦笑を返した。

「そうだといいんですけど」

やれることはやっているつもりだ。なら、もっとがんばろう。

そう思っていると、安堵したように息を吐いた一人の獣騎士が、ふと思い出したようにカルロへチラリと目をやってこう言った。

「それにしても、名前までつけているのは驚いたなぁ……」

「俺も、この不良白獣がよく嫌がらなかったな、って意外に思った。リズちゃんが呼んでいるのを初めて聞いた時は、驚いたもんだぜ」

近くにいた獣騎士が、そう同意する。

そういえば、〝カルロ〟は呼び分けのため自分が個人的につけたニックネームだったのだ。本来、相棒獣になって初めて正式に名付けられる。

「あの、もしかして教育中に、ニックネームをつけたりはしないんですか？」

口にした獣騎士含め、そこで彼らが「あ」と気づいたような顔をする。

「それってつまり、仮の名前……？」

「はい、そうです」

「あ、なんだ。ちゃんと名付けたとかじゃないんだな」

彼らが揃ってホッとするのを見て、リズは小さく笑った。

「だってちゃんとした名前は、相棒になった獣騎士が正式につけるんでしょう？　騎獣して魔力でつながれている間は、意思疎通ができるから、そこで呼び合うとか」

「たしかにそうなんだけど、よく知ってるな？」

獣騎士たちが、揃って少し意外そうにリズを見つめる。

「俺らが騎獣中、実は相棒獣と頭の中で言葉を交わしてるとか、名前のことも、獣騎士団以外だとほとんど知られてないんだけど、誰かが説明してくれたのか？」

「カルロが教えてくれたんです」

「え」

「白獣ってすごく賢いんですね。まさか人間の字を、爪で器用に書けてしまうなんて思ってもいなくて、初めて見た時は驚きました」

「ニックネーム？」

リズが思い返してのんびり笑う中、獣騎士たちは一斉にその隣へ目を向けた。

カルロは、お座り姿勢でしれっと空を見ている。

「……字が書けるって、マジか」

「……つまりそれって、字を読めもするってわけだろ？」

「……とんでもない格上の白獣が来たもんだ」

道理で、ウチにいる全相棒獣が強く出られないでいるわけだよと、彼らはようやく疑問が解けたとばかりにつぶやいたのだった。

◆§◆§◆

カルロを、立派な相棒獣としてあげたい。そうして他の相棒獣たちのように、ジェドと自由に外を行き来するのだ……。

自覚したその気持ちは、改めて先日考えさせられたことで、リズの中でより増していた。

自由気ままで気分屋なカルロ。

素直に従って欲しいだとか、懐いて欲しいだとかは望まない。彼らしくこの獣騎士団で、活き活きと毎日を送って欲しいと思った。

「首輪なんて必要ないくらい、自由でいて欲しいわ……」

その日の勤務を終えて部屋に戻ると、一人ベッドの中でどうすればいいのか考える。でも獣騎士でないリズには、わからないことが多い。

相談しようにも、最近、獣騎士たちは忙しそうだった。ジェドも珍しくほとんどやって来ることもなくて、リズは彼に尋ねてみるチャンスも掴めないでいる。

そのせいで、ここ数日は敷地内から人と獣の姿が減って静かだ。

そうしている間に、散歩で獣騎士たちと遭遇してから四日目を迎えた。

リズは、午前中の幼獣たちの世話を終えたところで、カルロの日光浴がてら休憩しようと、芝生の上に座り込んでいた。

彼女は引き寄せた足に頬杖をついて、空を流れていく雲をぼうっと眺めた。そのジューシーな果実を思わせる赤紫色《グレープガーネット》の目に、青空が映っている。

「春の風ねぇ……」

リズのやわらかな春色の髪を、優しい風が揺らしていった。そよそよと吹き抜けていく風の音が聞こえるくらい、今の時間も、相当数の獣騎士や相棒獣が敷地から外に出ているのだ。

カルロは隣で楽に座っていて、優雅な白い毛並みを風に揺らしている。リズはその様子を見つめると、ぼんやりとこんなことを考えてしまった。

本来なら、こうして相棒騎士と一緒に座って休んだりするのだろう。

そこで、ハタと気づいた。突然頬杖をやめて「あっ」と声を上げた彼女を、なんだよと言わんばかりにカルロがしかめ面で見やる。

「……そもそも相棒獣って、いつ、どうやってなれるのかしら？」

ふと、どれくらい教育すれば相棒獣になれるのか疑問を覚えた。隣のカルロに視線を返したら、ますます顔をしかめられてしまった。

本当に表情豊かな白獣である。自分に聞くなと言いたいのだろうか？

「だって……白獣本人《あなた》なら知っているかなと思ったんだもの」

「ふんっ」

「えぇぇ、ここ数日で一番大きな『ふんっ』をしなくたって……」

ちょびっとダメージを覚えた。カルロ自身は知らないのか、それとも長い説明になるから筆談を拒否しているのか——後者の可能性が高い気もしてきた。

これればかりは、すぐにでも誰かに聞いてみた方がいい。

考え続けるリズは、そう思った。これはカルロ自身に関わることだ。教育係としてきちんと導けるよう、自分はがんばらねばならない。

「教えてくれそうな親切で優しい人……」

そう口にしたところで、人がよくて面倒見もいい副団長のコーマックが頭に浮かんだ。ジェドが出払っている際、彼は留守を任されていることも多い。

リズは、彼とコンタクトを取ってみることにした。

忙しい立場の人であるので、まずは彼が本日、本部内にいる予定であるか敷地内にいた獣騎士に確認した。大丈夫そうだとわかったところで、彼に頼んで少し会いたいという伝言をお願いした。

そうしたら、すぐに返事があり、正午休憩前に待ち合わせることになった。


それから少し経って、カルロのブラッシングが終わった後、待ち合わせていた獣舎近くまでコーマックがやって来てくれた。

「リズさんの方から、突然の呼び出しがあるとは思わなくて驚いてしまいました」

走ってきたのか、髪が少し乱れている。その後ろには、彼を心配したのか、美獣といった顔立ちの印象が強い相棒獣の姿もあった。

「副団長様、お忙しい時にすみません。……お時間は大丈夫ですか？」

「あっ、大丈夫ですよ。ちょっと外部とのやり取りが立て続けにあっただけで、そちらはいったん落ち着きましたから」

コーマックは言いながら、リズの視線に気づいて慌てて髪を直す。彼の軍服のロングジャケットの曲がっていた裾部分を、相棒獣が気を利かせて鼻先で下ろした。

「僕の方は、やり取りや書類関係を終わらせてきましたから、時間はあります——それで、何かありましたか？」

困ったことはないかと、コーマックの優しげな目が早速心配して尋ねてくる。

リズは、カルロとちらっと目を合わせた。

「ええと立ち話もなんですから、副団長様、あちらへ」

すぐそこにあった木陰に誘った。ひとまず疲れている彼を座らせると、自分も隣に腰を落ち着ける。

「実は、少し聞きたいことがありまして……」

リズは、ぎこちなくそう切り出した。忙しくしていた彼に時間を取らせてしまったことが申し訳なくて、ごにょごにょと疑問について話し始めた。

向こうに見える本館の建物や、すぐ近くに見える獣舎にも穏やかな日差しが降り注いでいる。

前に広がる芝生には、カルロが座ってふさふさの体に太陽の光を浴びていた。その向こうには、コーマックの一休みに便乗した相棒獣がいて、サクサクと芝生を踏む音を楽しむようにして優雅に散策している。

リズが話している間、その様子をカルロがじーっと見つめていた。相棒獣の動きに合わせて、彼の目が右へ、左へとゆっくり動いている。

「――なるほど。相棒獣になるタイミング、ですか」

話を聞き終わったところで、コーマックが呼び出しの理由に納得して、一つうなずいた。

「とても大事なことですし、リズさんが僕を呼び出すのも当然ですね」

「そこに気づくのに遅れて、ほんとにごめんなさい。私、教育係になってもう一週間以上も経つのに、本当に未熟で……」

「いえ、謝るのは僕の方ですよ。教育係になった時、先にそちらについても教えておくべきでした」

だから気にしないでと、コーマックは困ったように微笑んでくれる。

こちらを悪く言わずにフォローまでしてくれる。リズは彼が『理想の上司ナンバー2』といわれているのに納得したし、その美しい気遣い笑顔に感動した。

「実は白獣は、相棒となれる騎士と出会うと、三段階の手順を踏むんですよ」

コーマックは手振りを交えて、丁寧に説明し始めた。

「まずは相棒候補の騎士に出会うと、頭を下げて一礼します。これは〝ファーストコンタクト〟と言われているもので、白獣から騎士への候補アピールですね」

「カルロもそうしたんですか？」

「しましたよ。そうやって意思表示がなされ、それを団長が受理して、合意のもとで連れて帰ってきたんです」

カルロはいつだって偉そうに頭を上げているので、なんだかイメージがない。

リズは、目の前に広がる芝生の上で、背を伸ばして座っているカルロへと目を向けた。堂々としているせいか、座っているだけでもさまになる。

「そうして次に、人間である騎士やその暮らしを知るために、別の者を教育係に指名します。リズさんもご存知かと思いますが、腰を下ろして座るのが〝セカンドコンタクト〟です」

「……つまり、〝お座り〟？」

「はい。警戒心の強い野生の白獣は、初めての不慣れな場で緊張します。落ち着き処と決めた教育係の前で、初めて警戒を解いて腰を下ろすんです」

落ち着き、初めて緊張を解く……それをカルロで想像しているせいか、どれもあてはまらないようなキーワードに思えて、リズは理解が難しくなった。

するとそんなリズの様子を見たコーマックが、まるで妹を見守るようにニコッと笑って、品のある仕草で手振りを交えてこう続けた。

「〝信頼します〟という意味合いでもあるんですよ」

「信頼、ですか……？」

「あなたのことは信じる。だから〝私にこの場所や人や暮らしを教えて欲しい〟という、白獣にとっての意思表示でもあるんです」

私に人のこと、そして人と共に生きる相棒獣《けもの》のことを教えて欲しい――それが、あの時のカルロの言葉でもあったのだろうか？

そう考えた途端、不安が胸の奥から込み上げてきた。

リズは知らず、胸元をぎゅっと握りしめてコーマックにもらした。

「私は、獣騎士ではなくて……今だって、ほとんど何も教えられていないのに……？」

「教えられていますよ、大丈夫です」

コーマックは、優しげに微笑む。

「リズさんが思っている以上に、カルロはたくさんのことを学んでいっています。敷地内の散歩でも、首輪が外れる日もそんなに遠くないと思いますよ」

「そう、でしょうか……」

「そうですよ。それに、あなたの前で彼が〃お座り〃をした。だから僕らは心配がなくなったんです。ここに来て一番目に信頼した人間を、白獣は先生として敬い、決して傷つけませんから」

そういえば、怪我はしていないのよね。

リズは、今さらのように気づいて、自分の両掌を見下ろした。ひっくり返ったとしても、転倒したとしても擦り傷をつくったことはない。

「そして、リズさんが知りたがっていた、相棒獣となるタイミングですが」

そんな声が聞こえて目を戻すと、コーマックが優しげだけれど、真面目な雰囲気も漂わせた目で見ていた。彼はリズの視線を確認すると、右手の人さし指を立てる。

「白獣が相棒獣となるためには、〃サードコンタクト〃——つまり最終儀式を経る必要があります」

最終儀式、なんて言い方をされて、リズは緊張した。

「……それは、いったいどういうものなんですか？」

「白獣が、すべてを受け入れることを示して、騎士に忠誠の誓いを立てるものです」

「忠誠の、誓い……？」

「騎士が、仕える主君にするものと似ていますね」

言いながら、コーマックは片手を胸にあてて続ける。

「あなたを絶対に裏切らない、共に全力で戦って欲しい――そう心から意思表示をし、それを相手の騎士が受け入れた時、初めて双方は魔力でつながれるのです」

つまり、物理的ではない……？

そう察した途端、リズは体から力が抜けてしまった。自分もすることがあるのではないかと思っていたが、教育係が直接関われるところではないらしい。

「つまり結局のところ、タイミングはカルロ次第というわけなんですね……」

「そういうことになりますね」

説明を終えたコーマックが、一息挟んで座りなおした。緊張を解いたリズも、彼につられるようにして座りなおすと、同じく芝生の方へ目を向けた。

そこには座っているカルロと、のどかな雰囲気で芝生の上を自由に散策しているコーマックの相棒獣の姿があった。

「こればかりは、僕たちやリズさんがどうこうできる問題ではないので、団長と『彼』については、見守っていくしかないですね」

「そもそもカルロは、相棒獣になる気はあるのでしょうか？」

「リズさん、相当苦労されていますもんね……。こうして自らここへやって来てはいるので、相棒獣になることに興味は抱いているとは思うのですが」

そうでなければ、セカンドコンタクトまであっさりとやって、リズを教育係に選んだりはしなかっただろう。彼は首をひねってつぶやく。

その時、リズとコーマックは「あ」と声を揃えて同じ方向を見た。

じっと座っていたカルロが、目をキラーンッとさせたかと思うと、唐突にジャンプしてコーマックの相棒獣を見事に踏みつけたのだ。

直前まで優雅に歩いていた相棒獣が、べしゃりと芝生に倒れた。そのまま困惑したような顔で見つめ返す視線の先で、カルロが偉そうにして頭を上げる。

「ふふんっ」

そう意地悪っぽく鼻を鳴らす。呆気にとられていたリズは、そこでハッとして声をかけた。

「ちょ、カルロやめなさい、ちょっかいを出すのはダメッ」

足元を叩いて「めっ」と叱りの言葉を投げる。するとカルロは、相棒獣を片足で踏みつけたまま、なんだよと言わんばかりのしかめ面をリズに向ける。

それを見ていたコーマックが、「はぁ」とあきれ交じりのため息を漏らした。

「まるで、団長を見ているようですね……」

あの人も、暇になると唐突にそうやってくるところがあるんですよねぇ……S寄りの俺様な性格が、似ている気がする……そう独り言をつぶやいた。

そのタイミングで、リズはカルロが足をどけるのを見届けていた。よく聞こえなくて、続いてコーマックの方を見る。

「副団長様、何か言いましたか？」

「あっ、いえ、別に」

目をそらしたコーマックが、慌てて立ち上がろうとした。いったい何に焦っていたのか、不意に彼が自分の軍服のロングジャケットの裾を踏む。

「うわっ」

そんな声が聞こえた直後、彼の体がぐらりとリズの方に傾いてきた。気づいたものの避ける余裕などなく、リズは「きゃっ」と声を上げて、一緒に倒れ込んでしまっていた。

ドサリと音がして、リズの背中が鈍く痛んだ。気づくと押し倒される形で、芝生に後頭部がついてしまっていた。

目の前には、自分を見下ろしているコーマックの優しげで端整な顔がある。状況を理解したリズは、新鮮な果実を思わせる大きな赤紫色《グレープガーネット》の目で彼を見つめた。

「副団長様、大丈夫ですか？　思いっきり手をついたようですが、お怪我は――」

「そっ、そそそのっ、すみません！」

声をかけた途端、コーマックがかぁっと顔を赤くして言った。

「あの、決してそういうつもりじゃなかったんですっ」

「え？　わかっていますよ、大丈夫ですから、落ち着いてください」

リズは、やわらかな苦笑を浮かべた。優しいだけじゃなくて女性にも誠実である人のようだ。こんな子供相手に本気になる人でもないだろう。

「私だって、うっかり転んでしまうことはありますから、わかります。それに、そういうことをされる程の魅力はありませんし」

「えっ。あの、そんなことはないような……」

言いながら、コーマックの目が、彼女の顔のパーツをたどって下へと向かう。リズの愛嬌を覚える素直そうな大きな目、形のいい小さな口、細くて白い首。そうして彼の視線は、やわらかで豊かな膨らみをつくった胸元へ移動した。

直後、コーマックが耳まで真っ赤になった。

すぐには声も出ない様子で、ひどく赤面したまま小さく震えている。いったいどうしたのだろうと、リズは彼が心配になった。

「副団長様……？」

その時、不意に悪寒が突き刺さった。

近くで聞こえた足音に気づいて、コーマックがハッと目を向ける。蛇に睨まれたような緊張感を覚えたリズも、咄嗟に言葉を切ってそちらを見た。

するとそこには、絶対零度の空気をまとったジェドがいた。

「副団長、コーマック・ハイランド――いったいそこで何をしている？」

向かってくる彼の軍靴が、足元の芝生を踏みつぶす。

「敷地内で〝そういった行為〟をすることは禁じているはずだが？」

冷やかに睨み下ろしてきた彼が、低い声で言い放つ。

表情が冷えきっていて考えが読めない。けれどリズは、どうしてか緊張で心臓がドクドクしてしまった。これまで見た時以上に〝怖く〟感じる。

二人して固まって動けないでいると、ジェドの目がすっと細められた。威圧感が増して、たったそれだけの仕草なのに息が詰まった。

「――いつまでリズの上にのっているつもりだ、コーマック。今すぐどけ」

重ねて指摘されたコーマックが、慌てて身を起こした。そのまま彼が親切にも手を差し出してきて、リズはありがたく思って手を取ろうとした。

「ありがとうございます、副団長さ――」

不意に、ジェドが割り込んできてリズの手を取った。

驚いている間にも、リズは彼に引き起こされていた。力強い腕を腰に添えられて、ジェドの前で立ち上がる。

「何かされたのか？」

抱き寄せるようにしてジェドが覗き込んでくる。

すぐ目の前まで青い瞳に迫られて、リズはびっくりして目を丸くした。彼の手や腕で触れられているところから、高い体温がじんわりと伝わってくる。

「わざわざカルロが窓を叩いて教えにきた」

「カルロが……？」

「甘い言葉をささやかれたり、どこか触れられたりしたのか？」

腰に回されているジェドの腕に力が入り、より引き寄せられた。おかげでつま先立ちになってしまったリズは、質問の内容もわからなくてますます困惑した。

彼は何かを勘違いしているらしい。ひとまず落ち着かせようと思って、戸惑いながら首を横に振ってみせた。

「あの、いいえ」

そう答えつつチラリと見てみると、歩いて戻ってくるカルロの姿があった。芝生の上に残されている相棒獣が、疑問いっぱいの顔で彼のことを見ている。

「実は、そのカルロなんですが……ついさっき、副団長様の相棒獣さんにちょっかいを出しまして。それで、副団長様が立ち上がろうとした拍子につまずいて、一緒に転んでしまったんです」

『転んだ』と口にした途端、ジェドのピリピリしていた雰囲気が和らいだ。

彼が、何やら考えるような顔で腕をほどいた。そのまま優しい手つきで前に下ろされたリズは、先程まですごく睨まれていたもう一人の上司が心配になった。

目を向けてみると、そこにいたコーマックは、なぜかちょっと見開いた目でこちらを見つめていた。

「……もしかして、カルロがリズさんを選んだのは……いや、まさか……」

そんな彼の混乱する独り言が聞こえた。リズが疑問に思った時、ジェドが一気に緊張が解けたようなため息をついた。

「この二人ならありうるか……」

やや疲れたようにして、彼が夜空色のような髪をかき上げ、そうつぶやく。

「事情はわかった。次は気をつけろ」

こちらに向かってそう口にしたかと思うと、続いて彼はコーマックを目に留めた。

「コーマック」

「えっ――あ、はい！」

「いつも留守を任せているお前を誤解して、すまなかった。行くぞ」

軍服のロングジャケットの裾を揺らして、ジェドが本館へ向かって歩き出す。

コーマックが「あの団長が謝った……」とめちゃくちゃ困惑顔で続いた。彼の相棒獣が、ひらりと軽やかな動きで後を追っていく。

残されたリズは、そんな彼らの後ろ姿が離れていくのを見送った。

「なんだったのかしら……」

ふと、サクサクと芝生を踏みしめる音を聞こえた。そちらへ目を向けたリズは、やって来たカルロと視線を合わせたところで「あ」と思い出した。

「カルロ、あなた副団長様の相棒獣を踏んだりしてはダメよ」

そう言ったところで、遅れて気づいた。

「窓を叩いて団長様を呼んだと言っていたわよね……それくらいには、信頼関係はあるのかしら？」

でもいったい、いつの間に？

首をひねっているリズの前で、すとんっとカルロが〝お座り〟した。まったくあきれると言わんばかりのしかめ面で、彼は「ふんっ」と鼻を鳴らしたのだった。

四章　リズ・エルマーのがんばり

　その翌日も、騎士団内はバタバタと忙しい印象があった。

　なんだか今朝は、昨日とはまた少し様子が違っているみたいだった。出払っている面々が目立つというよりは、獣騎士と相棒獣の出入りが多いと感じた。

　リズは朝から、どこか少し緊張状態であるようにも思えて気になった。

「朝なのに、副団長様もいないみたいだったのよねぇ……」

　朝一番、カルロの部屋の雨戸なども、すべて開けていきながら思い返した。

　ここに来るまでに擦れ違った獣騎士たちも、挨拶もそこそこに「また後で」と急ぎ足だった。月の中での、多忙期だったりするのだろうか？

「カルロのご飯、『ついでに持っていって先に済ませた』と言っていたけど、みんな今日はそんなに早起きだったの？」

　リズは最後の窓を開けたところで、本人に確認してみた。大きく伸びをしていたカルロが、見つめ返してうなずく。

「それも、なんだか珍しいわね」

【かなり早起きだった】

カルロが補足するように、寝床のチップをどかしてそう文字を刻んだ。

そんなことは、教育係になってからなかったことだ。リズはやっぱり少し気になって、カルロとの話を続けようとして――ハッとして口をつぐんだ。

外から、どたどたと重い足音が聞こえてきた。

入り口の方へ行って外を覗き見てみると、白獣にまたがって、三人の獣騎士たちが駆けていく姿が目に入った。

獣騎士の騎獣を目にするのは、戦闘の演習を遠くから見て以来だった。近くで見たのは初めてで、獣舎側の敷地内ではあまりない光景に少しびっくりしてしまう。

「やっぱり忙しそうね」

リズは、しばらく獣騎士たちを目で追いかけ見送った。ふと、彼らが移動時間を短縮するために騎獣しているのだという推測が頭に浮かんで、疑問を抱いた。

「……もしかして、何かあったのかしら……？」

昨日まで続いていた忙しさも、その延長線だった？

その時、後ろからガリガリと音が聞こえてきた。カルロが何か書いているのだ。ピンときたリズは、すぐに入り口から離れるとパタパタと駆け寄った。

「……『密猟団の件で、近隣から協力団体が来てる』……？」

そこに書かれていることを読み上げて、大きな赤紫色《グレープガーネット》の目をパチリとする。

「どういうこと？」

【朝に拾った単語、他にもある】

そう書いたカルロが、前足で消してまたガリガリとする。

「『協力体制』、『引き渡し』、『意見交換で打ち合わせ』……なんのことかしら」

【たぶん、任務関係】

「カルロって、ほんと難しい言葉もよく知っているのねぇ」

リズが感心して見上げると、カルロが胸を張って座った。人を小馬鹿にしているのか、威張っているのかもわからない鼻息を「ふんっ」と吐く。

獣騎士団の任務には関わっていないので、難しいことはよくわからない。それでも地面に掘られた文字からは、穏やかではないことは伝わってきた。

「密猟団の件……そういえば白獣って、狙う人が多いのよね」

少し考えたリズは、先日、ジェドが横になって休んだ際『密猟』と口にしていたのを思い出した。

白獣は、この地域にしか生息していない魔力保有生物だ。その存在はとても貴重で、獣騎士団は彼らの保護にもあたっているのだとも聞いた。

「その狙っている密猟団が、複数入ってきてしまっているということ……？」

リズはここに来るまで、白獣のことを〝魔力持ちの戦闘獣〟というくらいしか知らなかった。だから人間に狩られるだなんて、思ってもいなくて――。

【子らは、弱い】

その時、カルロが、ガリガリと新たに文字を刻んだ。リズは思考を中断すると、そちらへと目を向けた。

【自分では、身を守る術がない】

「うん、そうよね。お世話をしていて、よくわかったわ」

少し力はあるけど、それでもリズが抱えて走れるくらいの大きさだ。

そう思い返したところで、不意に嫌な予感がした。たとえばカルロくらいの大きな成獣の白獣だったら、恐らくは密猟者にも太刀打ちできるだろう。

でも、それが『子』だったとしたら……？

「ごめんなさいカルロ。部屋の掃除をする前に、少しだけやっておきたいことができたわ」

リズは、普段にはない緊張気味の顔を向けて、カルロに切り出した。

「何か問題が起こっていないか、誰かに話を聞いてみようと思うの。スケジュールは少しずれてしまうけれど……それでも大丈夫？」

彼に確認すると、愚問だと言わんばかりに、カルロが「ふんっ」と鼻を鳴らし、大きな体を揺らして腰を上げた。

その姿に、なんとも頼もしさを感じてしまった。教育係である自分の方こそしっかりしなくちゃいけないのに、リズは彼の協力姿勢に涙腺が緩みそうになった。

「ありがとう、カルロ」

ぐしぐしと目元をこすってから、「行きましょう」と声をかけて一緒に外へと出た。

カルロの部屋を出て少し歩いても、珍しく獣騎士の姿を一人も見かけなかった。

このままだと散歩コースまで行ってしまう。カルロが首輪をしていないのを心配に思った時、ようやく獣舎を過ぎたところで四人の獣騎士を見つけた。

それはトナーたちだった。やっぱりなんだかバタバタしているようで、そばに連れている相棒獣と共に正門側の方向へと走っている。

普段なら躊躇《ちゅうちょ》して声をかけない状況だったものの、リズは駆け出していた。

「トナーさん！」

せいいっぱいの大きな声を出したら、彼らが気づいて「へ？」と目を向けてきた。足で急ブレーキを踏んで、のろのろと走りが遅いリズを待ってくれる。

「リズちゃん、どうした？」

「少し、質問したいことが」

駆け寄ったリズは、乱れた呼吸を整えながら言った。彼女にぴたりとついてきたカルロが、悠々とした様子ですぐ後ろに立ち止まる。

トナーの後ろにいた獣騎士たちが、ふと何かに気づいたという顔をした。視線を交わし合ったかと思うと、トナーを肘でつついて急ぎ小声で話しだす。

「そういや、リズに誰か伝えたか？」

「いや、わからないな……」

「つかこの時間だぞ、まずくないか？」

そう言葉早く確認された獣騎士が、ガバッとリズを振り返る。

「リズちゃん、今はまだカルロの部屋の掃除中だよな？」

「え？　ああ、そうですね。ちょうど窓を開け終えたところで、これから床を」

突然振り返られて、リズはびっくりしつつ答えた。

すると彼らが、揃って胸をなで下ろした。いったいなんだろうと小さな違和感を覚えたものの、そんなことよりも聞きたいのは別のことだ。

「あの、走っているところを呼び止めてしまって、ごめんなさい」

急ぎ正門側に向かっていた彼らを、あまり引き留めていられない。リズは手短に済ませるつもりで、早速切り出した。

「今日は、とくに忙しそうですが、もしかして何かあったんですか？」

「へっ？　いやいやいや、何もないよ」

「獣騎士団は団員も多くないから、少し立て込むとバタつくってだけで」

「でも――」

「リズちゃんが心配するようなことは、何も起こってないからさ」

「そうそう、単に人数不足で、こう、みんなで出入りしてバタバタしているというか」

なんだか、トナーたちが焦ったように答えてくる。

その勢いに押されてリズが目を丸くしていると、一人の獣騎士が追ってこう言ってきた。

「ええと、今日は幼獣舎の方はいいから、リズちゃんはカルロの教育に集中していてくれ。な？」

「え？　でも、皆さんが忙しいのなら、私がお世話を――」

「本当に大丈夫なんだ！　うん、一日でも早く団長に相棒獣ができる方が大事！」

「そうそう！　じゃっ、また後でな！」

そう言いながら、彼らはまるで逃げるみたいに走り出していた。相棒獣たちを連れて、あっという間にバタバタと向こうへ駆けていってしまう。

「……やっぱり、なんだか、変……？」

呆然と見送ってしまっていると、不意に肩の後ろを押された。

見てみれば、カルロが顔を近づけてきていた。「ふんっ」と鼻を鳴らすと、そのまま頭を戻して、顎でくいっと向こうを指す。

その方向は幼獣舎だ。リズが不思議に思って見つめ返すと、彼がやれやれという感じでまた鼻息を吐いて、地面の土の部分を爪でガリガリとやった。

【お前、気になってる。それなら、子ら、見てみる】

今日は、珍しく積極的に字を書いている気がする。

きっと気になっているのはカルロも同じなのだろう。たぶん、自分と同じで落ち着かないのかもしれないと思って、リズは幼獣舎の方を見た。

「そうね、やけに行かせたくないみたいだった」

それなら、答えは幼獣舎にあるのかもしれない。

リズは不安が強まるのを感じて、一つ大きく深呼吸した。思い過ごしならそれでいいのだ。臆病な自分を心の中で叱りつけて、一歩を踏み出す。

「行ってみましょう、幼獣舎へ」

歩き出した彼女に、カルロが大きな尻尾を揺らして続いた。


やがて幼獣舎が見えてきた時、リズの顔は緊張でこわばった。何かが変だ。その気持ちが次第に増して、気づけば彼女は走り出していた。

幼獣舎の木柵の壁から、不安そうにおろおろする幼獣たちの姿が見えた。

それを目にした途端、どくんっと心臓が大きく打った。駆け寄ってみると、入り口の扉には珍しく鍵がかかっていて、リズの不安は倍増した。

いったい何が？ そう思って、すばやく木柵の隙間から中を覗き込む。

中にいる幼獣たちが、潤んだ大きな目を向けてきて「みゅぅ」「みょ」と弱々しく鳴いてきた。けれどみんな元気がなくて、そばに寄ってくる気配もなかった。

「……待って、足りないわ」

そう気づいた途端、リズは気が遠くなりかけた。

毎日のように世話をしていたから、見分けだってついている。そんな、まさかと、信じられない思いで慎重に一頭ずつ顔を見ていった。

「やっぱり、二頭、いない」

改めて確認してつぶやいたところで、愕然とした。え、どうして？　だって、あの子たちはまだ勝手にお散歩もできないのに……。

不安でドクドクと胸が痛い。呼吸が止まりそうだった。

その時、カルロが軽く背中をつついてきた。一瞬、彼の存在さえ頭から飛んでいたリズは、ビクッとした。今見たことを、カルロに伝えなければ。

「カルロ……あの子たちが」

振り返って声を出したものの、息がうまくできなくて言葉が続かない。

するとカルロが、力強く「ふんっ」と鼻を鳴らした。見てろと言わんばかりに目の前で爪を一本出すと、リズの視線を促して地面にガリガリと書いた。

【落ち着け。深呼吸、だ】

「そう、よね。まずは私が落ち着かないと」

リズは、どうにか答えて呼吸を意識する。それを見たカルロが、「ふん」とうなずいて地面の字を消した。

何度か呼吸を繰り返していると、どうにか頭の中が少し落ち着いてきた。そのタイミングでリズは、尻尾でソフトタッチされてカルロに目を戻した。

カルロが顔で下を示している。そこには昨日は見なかった、幼獣舎の壁に向かって伸びる削り痕があった。

「これ……何……？」

まだ頭がうまく回ってくれない。しゃがみ込んで観察してみると、そこの土はまだやわらかかった。

どうやら一部、急きょ埋めなおされた感じもある。そうリズが推測したところで、カルロが近くに爪を一つあててガリガリと書き始めた。

【たぶん、密猟者が来た】

その字を見て、不安で心臓がはねた。

リズがパッと顔を向けると、カルロが紫色《バイオレット》の目で強く視線を返してくる。

「そんなっ、でもここは獣騎士団の敷地内で――」

【方法、ないわけじゃない。人間は匂いも消せる、山でもそうだった】

野生生活が長かったカルロが、リズに教えるように地面に文字を刻む。

【獣騎士団が、外を警戒している間にしてやられた、のだろうと思う】

「外……？」

【密猟団。複数のグループが、一気に流れ込んでくるの滅多にない。それを、近くの地域の協力団体が通報した。それを獣騎士団は受けた】

「あっ、ここ最近バタバタしていたのは、それで……？」

リズは、とくにジェドの忙しさが増し始めた時期を思い出した。

それを肯定するようにカルロがうなずいて、また文字を消し、再び新たな文字をそこに刻み始める。

【オレも、ここに来た日、その一グループを見つけた】

「え⁉　大丈夫だったのっ？」

すると、ずっと地面を見ていたカルロが、ゆっくりと顔を上げた。

美しい紫色《バイオレット》の目が、本気で心配しているリズをじっと見つめ返す。その獣の口が、小さく開いて――リズは彼が、獣の言葉で何かをつぶやいたように感じた。

「何？　どうしたの？」

【いや、なんでもない】

「なんでもないって顔じゃないような……」

尋ねたら、しばし間ができた。

やがてカルロが、沈黙を破るように文字を書きだした。

【大人の白獣、心配する非獣騎士《にんげん》、いない】

思い耽《ふけ》った様子でそう刻んだ直後、「ふんっ」と鼻を鳴らしてその字を消した。それから目先に意識を戻すようにして、カルロは再びガリガリと地面に書く。

【今の時期、幼獣、多くいる。だから別々の密猟団、集まったかも】

「でも、密猟団はそれぞれまったくの別なのよね？」

リズは納得できないものを感じて、慎重にそう尋ねた。

「騎士団の中がガラ空きになる状況を、わかって狙われたとなると、まるで集まったのも、全部のグループが一致団結したとしか思えないわ」

【密猟団は協力関係、築かない。周りの同業グループは、みんな敵】

「なら、どうして――」

【奴らは、ずる賢く、卑怯。我先にと互いを利用する】

つまり今回の件も、その状況を悪用されたのだろう。リズはどうにかそう理解して立ち上がったものの、今にも足から力が抜けそうだった。

私はどうしたらいいんだろう？　連れ去られた子たちのために、何ができる……？

その時、幼獣たちの不安そうな鳴き声が耳に入ってきた。ハッとしてそちらを見ると、隔たれた木柵の壁越しに幼獣たちが集まっていた。

大きくて愛らしい紫色《バイオレット》の目が、とても心配そうにしてリズを見ている。

――私は、今、この子たちにとって『ママ』なの。

そんな思いが、不意に胸をよぎった。

まだ十七歳の少女なのだとか、獣騎士ではないとか、そんなこと関係ない。この子たちを、これ以上不安にさせてはいけない。

「大丈夫よ。きっと、大丈夫だから」

リズは、どうにか幼獣たちを安心させるように微笑みかける。考え込む顔を見られたくなくて、そこから離れるように歩き出しながら思考を働かせた。

密猟団が何組も来ていると、獣騎士団のところへ通報があった。

だから警戒を強めて対応にあたっていて、最近は敷地内に残っている人数も少なかったのだろう。――そうして獣騎士団は、その隙を突かれた。

「……ああ、なんてことなの」

幼獣舎から少し離れたところで、リズは隠しきれなくなって悲痛な思いに表情をゆがめた。無力な自分の手を見下ろし、震える手をぎゅっと目に押しつけた。

幼獣たちは、大人の白獣と違って、とても弱く繊細だ。

体調管理も自分では難しい。体力や持久力はあまりなくて、まだ自分たちで遠くへ行くことだってできないのだ。

「ひどい……まだ、ミルクのご飯しか食べられない子たちなのに……」

密猟という言葉から、最悪な展開が脳裏をよぎる。

そばにきたカルロの気配を察したリズは、たまらず震える声でそのまま不安を吐露した。

「カルロ、どうしよう。もし、あの子たちが怪我をしていたら……もう、殺されてしまっていたら……」

思わず、小さな声で弱音がこぼれ落ちた時、目元に押しつけている両手をべろんっとなめられた。

リズは、ゆっくりと手を離した。そこには大型級の白獣であるカルロの、強さを宿したとても凛々しく美しい紫色《バイオレット》の目があった。

なぜだか、いつも真っすぐ見てくるジェドの瞳を思い出した。

思えばカルロとジェドは、同じ強さをその目に宿しているのだと、今になって気づかされた。どちらも、強い意思を持って前を見すえている――。

気づくとリズは、不思議と落ち着いていた。

カルロが鼻で小さく息を吐いた。リズが泣いていないのを見て、ホッとした表情になる。そして、下を見るよう促し、再び土の上を爪でガリガリと引っかいた。

【だから何度も言ってる、落ち着け。血の匂いはない】

「……つまり怪我はしていない……？」

【そうだ。そもそも人間、白獣の子、生きたまま売る】

「じゃあ、まだ生きていて、あの子たちは無事でいるの？」

【運ぶ段階で殺す者もいるが、山でそうした場合は〝女王〟が黙ってない。だから人間、約束されたグレインベルトの地を出るまで、子を殺さないと思う】

「女王？」

唐突なキーワードに、リズはまだ涙の気配が残っている目をきょとんとする。

カルロが、しばし考えるように間を置いた。そして静止を解くと、一つうなずいて地面に新しく言葉を刻んだ。

【女王、会ってみるか？　彼女なら、子の場所、きっとわかる】

急に言われても理解が追いつかない。戸惑うリズの様子を見て取ったカルロが、急かさないと態度で示すようにして〝お座り〟の姿勢で待つ。

考える時間を与えられたリズは、ようやく少しずつ頭の中で整理できてきて、混乱気味ながら声を出した。

「ちょっと、待ってちょうだい。ええと、カルロの言う『女王』って、もしかして白獣の女王様のことなの？」

【そう】

「でも、どうして、カルロが――」

【彼女の子らを、一番そばで守ってた時期がある。そして女王、太古の体、山と共にある】

そう伝えたカルロが、前足でゴシゴシと雑に文字を消す。

子を一番そばで守っていただとか、どういうわけかよくわからない。ただ、白獣をまとめているリーダーがいて、彼女なら子の場所がわかる……？

今は、ごちゃごちゃと考えている場合じゃない。さらわれてしまった幼獣たちを助けることが優先だ。

深い山々へ踏み入ることに不安がかすめたものの、リズは、震えそうになる両足にぐっと力を入れてカルロを見すえた。

「もし会えるのなら、その女王様のもとへ行ってみましょう。もしかしたら私たちも、がんばってくれている獣騎士たちの力になれるかもしれない」

先程会ったトナーたちは、幼獣舎の方は行かなくてもいいと言っていた。

恐らくは、この騒ぎのことを知られたくなかったのだろう。彼らがしばらく幼獣たちを見るつもりなら、リズたちが一時抜け出したとしても大丈夫なはずだ。

「カルロ、女王様のもとへ案内してくれる？」

そこに望みを託してみよう。

まずは、さらわれた子たちがどこにいるのかを突き止めるのだ。そう不安を押し殺して、濡れた瞳で強く見上げるリズに、カルロは――

【承知した】

そう地面に文字を刻んで答えた。

そうしてリズとカルロは、一緒に獣騎士団の敷地から出るため会議を開いて、作戦を立てるべく手短に話し合った。

◆§◆§◆

作戦を立てた後、リズは白獣の女王と会うため、カルロと行動を開始した。

「ほんとに大丈夫かしら……」

【堂々としてりゃ意外と目立たずバレない】

途中で知り合いに見つかったら、ごまかせないという不安が込み上げた。しかし緊急を要するのだ。カルロにもらったアドバイスを信じることにした。

人がほとんど出払っていることもあって、外へ抜け出すのはたやすかった。

あっさり第一段階をクリアしてしまって、リズはやや拍子抜けした。このまま邪魔されずに真っすぐ山へたどり着ければ、当初の目標は達成だ。

獣騎士団の敷地の外に出て歩き始めたリズは、カルロと一緒になって、これから向かう目的地へと目を向けた。

まだやわらかな日差しが降り注ぐ大きな町の東の方向に、グレインベルトを代表する高い山々が見えた。あの一帯が白獣の生息域になっているという。

太陽が真上に来るまで、数時間。

町は、とっくに店々の営業が始まり賑わっていた。ずんずん歩き進んでいくカルロを、多くいる通りの人たちが、距離を空けつつチラチラと見やっている。

通常の白獣よりも大きい。それでいて〝首輪付き〟という珍しい姿だ。しかも、その散歩紐をリズが持っているせいもあって余計に目立っていた。

「お嬢ちゃん。近くに獣騎士様はいないみたいだが、大丈夫かい……？」

「えっ。あ、大丈夫ですよ。私はこの子の教育係なんです」

恐らく『危なくはないのか』という意味で尋ねたのだろう。リズは周りの者たちを含めて、声を投げかけてきた優しげな中年男を安心させるように答えた。

回答を受けても、町の人々は半ば夢でも見ているかのような顔だ。

「まぁ、よくわからんが、つまりは教育中ってことか」

「戦闘獣に首輪なんて、あるんだなぁ」

「白獣なのに首輪と散歩紐……」

「犬の散歩みたいに町中を歩いてるな」

周りからささやかれる声を聞きながら、リズは彼らの戸惑いに共感を覚えた。自分も初めて首輪と散歩紐を渡された時には、かなり困惑したものである。

この作戦、本当にうまくいっているんだろうか？

かえって悪目立ちしているのではないだろうかと、不安が込み上げる。もし通報されたり、騒ぎになって獣騎士たちに知られたらアウトだ。

実は、首輪セットを提案してきたのはカルロだった。

――『こうすれば町中を歩いても騒ぎにならないはず。〝散歩作戦〟だ』

散歩作戦って……カルロはワンちゃんじゃないのに……。

立派な戦闘獣なのだけれど。リズは、そう作戦会議を思い出しながら目を向けた。

当のカルロは『忠実な犬です』と言わんばかりの姿勢で歩いている。

そのおかげか、見ていく町の人々も恐れ半分といったところだった。獣騎士がそばにいない状況なのに、遠目からであれば大丈夫そうだという空気も漂っている。

――『紐を持ってくれればいい。オレはお前の前で、町人は襲わない』

つい先程あった作戦会議で伝えてきた通り、カルロは落ち着いていた。散歩紐を引っ張ることもなく、歩調を合わせて歩いてくれているのが、なんだかリズは不思議だった。

次第に、町の人々たちも注目してこなくなった。普段から獣騎士や相棒獣を見慣れていることもあってか、距離を空けて普段通りの日常を過ごしていた。

どれぐらい歩き続けただろうか。

気づけば、もう山の近くまで来ていた。ここまで問題もなく進んできたなんてと内心驚いていると、どこからか交わされる会話が耳に入ってきた。

「あれが『訓練中の戦闘獣』かい」

「ほんとに首輪がついてるなぁ」

「なら安心だな」

あ、カルロが言っていた通りだわ……。

目立っていることが、かえって役に立っているらしい。堂々としているおかげもあって、獣騎士団の普段の仕事の一環とも思われているようにも感じた。

これだったら、通報される心配もなさそうだ。

安心したリズは、歩いているカルロへと目を向けた。字も書けるし、自分より難しいことを知っている感じもあるし、本当に賢い白獣だと思った。


やがて一つの山の入り口までできた。

目の前には、道がプッツリと途切れ、まばらな雑草とたくさんの木々が生えた土地がある。そこには〝立ち入り禁止区域〟という注意書きの看板も立てられていた。

「近くで見てみると、ますます大きいわね……」

列車に乗ってこの町へ来た際にも、遠目から広大なグレインベルトの連なる山々を見た。その一つである、町に一番近い山の巨大さに圧倒された。

さわさわと揺れている木々の葉。

傾斜は急で、植物に阻まれて奥へと続いている道の先が見えない。

「両隣の山の方は標高も低そうなんだけど、……女王様がいるのはここ、なのよね？」

あまりにも大きな山を前に尻込みして尋ねると、もう人の目もないからと首輪を外されたカルロが、一つうなずき返す。

獣騎士団で聞いたカルロの話によると、どうやら〝白獣の女王〟は他の山には移動できないお方――であるらしい。

そう話を思い返しながら、リズは山へと目を戻した。

流れてくる風からは、大自然の濃い気配がしている。他に害獣がいたりするのではないだろうかと怯《ひる》んでしまった時、カルロに背中を押された。

そもそも自分がそばにいるのに、他の〝何か〟が寄ってくるはずもない。

見つめ返してくるカルロの美しい紫色《バイオレット》の目から、リズはそんな意思を感じた。だから獣騎士団を出てきたのだったと、遅れて思い出した。

「そう、だったわね。カルロがそばにいるから」

それに今は、他の動物がいるいないを気にしている場合ではないのだ。

「ごめんなさい。もう平気よ。ありがとう」

リズがそう答えたら、カルロが頭を持ち上げて「ふんっ」と鼻を鳴らした。小馬鹿にしているのか、あきれているのかも判断はつかないが――どちらにせよ、下に見られているのは確かだろう。

もともと教育係として威厳がない。これ以上もだもだしてカルロに手間をかけさせられないと自分を奮い立たせ、リズは山へと足を踏み入れた。

山中はとても静まり返っていた。

木々は高さがバラバラで、見た目よりも傾斜は緩やかだ。

木漏れ日が傾斜を明るく照らしていて、足元に落ち葉や雑草が広がっているのがよく見える。慎重に歩き進むリズと、慣れたカルロの足音が上がっていた。

やがて、進んでしばらくすると雑草も減ってきた。

「少し進むだけで、なんだか風景の印象が変わるというか……ここだと傾斜も少しは楽ね。団長様たちは、たぶん、いつもここも巡回しているのよね」

リズは、獣騎士団の活動風景を想像した。

ぐるりと見渡してみれば、木々の間隔はやや広めで所々開けてもいた。巡回班の数人であれば、大きな戦闘獣にまたがっても悠々に進行できそう――。

「あ。……そういえば、徒歩だとどれくらいかかるのかしら？」

リズは、今さらのように自分の計画性のなさに気づいて、立ち止まった。思えば、先に〝女王様〟がいる場所を確認してもいなかった。

するとカルロが、前足で土の上の邪魔な落ち葉を払って、ガリガリと爪で字を刻み出した。

【女王、山と一緒になった。この地には、彼女の意思が宿っている】

「それ、どういうこと？」

【山は神聖な存在。その偉大なる慈愛で、古き肉体を山が半分受け持った。そうして彼女は、半永久的に、子と、一族の行く末を見届けられる存在になった】

昔からずっと生き続けている？　つまり普通の白獣とはまったく違う……？　けれど言われていることが難しすぎて、自分の頭では正確に理解できそうにない。

今は、カルロに筆談で講義してもらうわけにもいかないし……。

リズは、どうにか自分なりに解釈して考えた。

「ずっと生きている……それってもしかして、神様みたいになったということ？」

【そうとも言う】

ひぇっとリズが反応すると、落ち着けというようにカルロが頭を動かして「ふんっ」と強く鼻を鳴らした。

【神様はよく知らないが、そっちは肉体がない。けれど彼女には、ある】

「うん、でもね、半永久的という部分でもう神秘――」

【女王、山と共に生きている】

困惑したリズの言葉をさらりと遮り、カルロが先を続けるようにガリガリと文字を書き続ける。

あ、これ、私の戸惑いの発言を聞かれていないやつだ……。

何度かジェドにそうされたことが蘇った。やっぱりカルロの性格って、ちょっと団長様に似ているところがあるんじゃないかなとか、リズは少し考えてしまう。

その時、カルロが地面に刻み終わった言葉を見てハッとした。

【そうして唯一、自ら魔力を使える我らが祖先】

「相棒騎士がいない状況で、魔力を使えるの⁉」

リズは、びっくりして尋ね返した。カルロが肯定を示してうなずき、筆談を続ける。

【女王、人の言葉を魔力で話す】

「魔力で……」

【もとからそうだったらしい。オレがもともと、書かれた言語の読解ができて、女王に習ってすぐ字も書けるようになったのと、同じ。白獣は格によって、知能や潜在能力値が変わってくる】

持っている魔力を使える白獣……。

リズは、彼が珍しく長々と筆談で伝えてきた内容を思い返した。賢いカルロのことだ。前置きにも意味があるんじゃと考えて、不意に「まさか」と気づく。

「……もしかして、女王様は普通の方法じゃ行けない場所に、いる……？」

そうでなければ説明がつかない気がした。半永久的に生きている特別な存在なのに、知られていない。

だからジェドたちも、山の麓でバタバタしているのだ。そう思ってじっと見つめ返すと、またしてもカルロが〝肯定〟と真面目な顔でうなずいてきた。

「……カルロ、女王様のことを、他の白獣たちは知っているの？」

リズは、今さらのように緊張感を覚えて慎重に尋ねた。

【知っている。けど大切で畏れ多い存在。口を固く閉ざす】

「それは本来であれば、人間に教えてはいけないから、なんじゃないの……？」

初めて、カルロの爪の動きが止まった。

じっとカルロは地面を見ている。リズが見守っている中、やがて動き出して地面の土をならすと、彼はそこに再び文字を刻み出した。

【白獣は格で決まる。口を閉ざすのは、彼らには判断の権限がないからだ。畏れに気圧されて、女王に許可を求める白獣も、近年にはない】

「格？　……よくわからないのだけれど、カルロにはその権限があるの？」

するとカルロが、「ふむ」と珍しくも考えるふうな表情をした。ちょっと思案したかと思うと、すぐにガリガリと書き始めた。

【ある。オレは、そこそこ格上】

ざっくりとカルロが回答してきた。

なんだか、説明を放棄されて、いろいろあるところを一文で済まされた気がした。

恐らくは説明されたとしても、最近白獣のことを知ったばかりの自分には、理解できないのだろうけど……。

と、カルロが真面目な様子でリズを見つめ返してきた。

【普通の方法じゃ行けないのは、合ってる】

「合ってるの⁉　結構もう歩いたんだけど……」

【それも必要。なぜなら、女王の方から許可があった上で〝お招き〟がないとたどり着けない。こうして会いたいと望んで山に入った者を、彼女は、山を通してずっと見ている】

考えてみれば、白獣にとっても女王は特別だ。自分は人間なので、より慎重になられるのも当然なのかもしれないと、リズは反省した。

「そっか。つまりこうしている間に、見極めているのね……」

【彼女が了承すれば、彼女がいるところまでの道が開かれる】

それを聞き届けたリズは、「よしっ」と口にして顔を上げた。

「じゃあ、それまでは歩き通すしかないわね」

沈んでなんかいられない。彼女は、そんな表情で前向きにそう意気込んだ。だって、今はそれしか方法がないのだ。

「私の、あの子たちを助けたい気持ちは本当よ。だから信じる。きっとその〝お招き〟があると信じて、今はただ前に進むしかないわ」

そう拳を作って決意を固める。カルロが片方の眉でも上げるような表情をして、それから、ため息のような鼻息まで吐かれてしまった。

なぜこのタイミングで、私はため息をつかれてしまっているのだろうか……？

リズは困惑した。考えてもわからないし、ひとまずは先へ進もう。そう決めて次の一歩を踏み出した時、不意に空気が変わるのを感じた。

異変を察知した次の瞬間、ぶわりと冷たい風が全身を打ってきた。

「えっ、うわ、何⁉」

まるで、いきなり水にでも飛び込んだみたいで驚いた。その強風は物体感があってキラキラしていて、とにかくまぶしくて目を開けていられない。

髪だけでなく、スカートもバタバタとはためいて音を立てている。

リズは強風から身をかばいながら、新鮮すぎて風の温度が低いんだと気づいた。うまく呼吸ができない、風に意識まで全部持っていかれそうだ――。

「ヴォンッ！」

獣のほえる野太い声が聞こえて、リズはビクリとしたはずみで、思わず目を開けた。

いつの間にか、突風か嵐のような不思議な風はやんでいた。これまで一度だって大声を出さなかったカルロが、ほえたのだと少し遅れて気づいた。

けれど驚きもつかの間、次の瞬間、リズは開いた目に飛び込んできた明るい風景に、心奪われて赤紫《グレープガーネット》色の目を見開いた。

そこには、白やブルー、エメラルドの鉱石が混じった、キラキラと光る美しい大地が広がっていた。

太古からの大自然のような場。生い茂った木々の葉は、何色もの不思議な色を反射させている。とてもまぶしく感じる空は、見たこともない程青く澄んでいた。

そこには、最も目を引く場所が一つあった。

圧倒的な存在感を持って、リズの前に一本の巨木が根を下ろしていた。しな垂れて伸びた枝先や木の根に守られるようにして、巨大な純白の獣が一頭――。

不意に、長いまつ毛を震わせて、ゆっくりと獣の目が開いた。

リズは、そのブルーや金が混じったような、深く明るく澄んだ紫色《バイオレット》の目に射貫かれて息をのんだ。

なんて美しい色だろう。見とれ、そして圧倒された。その目は何者もかなわないと思わせる慈愛を宿し、森の奇跡や神秘をすべて集めたみたいだった。

あの〝彼女〟が、恐らくは女王だろう。

リズは一目で理解した。それは巨大な白獣で、どっしりと腰を下ろしている姿は壮観だった。その体は、半ば大樹や大地と同化して神聖で神々しい。

「ああ。人間の客人とは、珍しいこと」

巨大な白獣が、その頭《こうべ》を上げ、不意にそう言葉を発してきた。

「こうして〝人の子〟を迎えるのは、数百年ぶりくらいかしらねぇ」

貴婦人のような女性の声が、頭の中に直接響くみたいに聞こえた。こちらに話しかけている巨大な白獣――女王は口を動かしている様子はない。

リズは、魔力を使っているという交流方法に驚いた。優しげに見すえられているのに気づいて、慌てて挨拶の礼を執《と》った。

「は、はじめまして女王様。リズ・エルマーと申します。私は――」

「知っていますよ。この町へ来て、今は獣騎士団の幼獣たちの世話係。そうして相棒獣候補の教育係でもある」

女王が、リズの言葉を遮ってそう言った。

言いあてられたリズは、つまんでいたスカートから手を離し、おずおずと顔を上げて見つめ返す。

「私のことを、ご存知で……？」

「あなたの存在は、子孫たちの声を通して知っていましたから」

子孫というと、獣騎士団にいる白獣や、幼獣たちのことだろうか……？

不思議な力が使えるという女王を前に、なんと答えていいかわからないでいた。すると、その大きく美しい獣がふわりと微笑んできた。

「もっとこちらへお寄りなさい。離れていては、あなたが話しづらいでしょうから」

「えっ、あ、はい。ご配慮に感謝いたします」

リズはぎこちない敬語口調で答えて、ちらりとカルロと目を合わせ、一緒に女王のもとへ近づいた。

いざ目の前にして見ると、女王はビックリするくらいに大きかった。その顔は馬車よりも高い位置にあるし、ゆったりと組まれている前足もリズの体より太い。

「あなたには、悩みもあるようですね、リズ」

女王の足元を見つめていると、唐突にそんな言葉が降ってきた。見上げてみると、そこには女王のとても優しげな目があった。

「あなたは不運ではないのよ」

そう声をかけられて、ハッと気づく。

どうして不運なんだろう、こんなに不幸なことってあるだろうか——これまで、そう何度も思ってきたことがよみがえった。

それを女王に知られていることを悟った途端、リズは恥じらいを覚えた。

「その、私は……少しだけツイていないだけで……。ここへ就職したのも、うっかりミスをしたからで」

言い訳のようになってしまって、言葉が続かなくなった。

そうしたら女王に「顔を上げて」と優しく促された。微笑んでこちらを見つめている様子は、まるで我が子を見るみたいに温かい。

「リズ、あなたは決して不運などではないのです。これは、とても珍しいこと。あなたはそばにいるだけで、その者たちに、よき縁と幸運をもたらす体質なのですよ」

「よき、縁……？　幸運……？」

「そう。あなたは必要があって導かれ、ここへ来た。そうして今の位置にいるのです」

そう語る彼女の目は、何もかも見透かすような深い慈愛に満ちていた。こうして聞き入れてしまえているのは、魔力を使えることが関わっているのだろうか？

よくわからない。でも、自分が事実と違って、とても高く評価されてしまっているのを感じて、リズは大変恐縮してしまった。

「女王様。私はこの通り、なんのとりえもない平凡な人間の娘なんです。……どうして教育係になったのかも、わからないくらいで……」

幼獣たちだけでなく、カルロと過ごすようになってから、もっとがんばりたいと思うようになった。

忙しくしている騎士たちの姿を、そばで見かけるようになってから、獣騎士団の一人として、自分なりに皆の力になりたいという気持ちも芽生えている。

だからこそ、自分の非力さを実感してしまってもいた。

とても賢いカルロ。その教育係を、私なんかがやってよかったのだろうか？

もしあの時、幼獣舎から出ていなければ。そして、他の獣騎士の誰かが教育係になっていれば、もしかしたら彼も今頃は、立派な相棒獣に――。

その時、女王の声が、そんなリズの思考や想像をすべて払いのけた。

「『カルロ』が、あなたを選んだのです」

まるで心を読んだかのようなタイミングだった。

不思議とその言葉が心に響いて、リズは驚きよりも、ハッとさせられて彼女を見つめ返していた。

「リズ。相棒獣とは、相棒となる騎士を主人とします。その主《あるじ》の望みを、誰よりも正確に察知し、その騎士の現在と未来をも考えて動くモノなのです」

「主《あるじ》の望み……？　それは、団長様のことですか？」

カルロが相棒騎士にと選び、ファーストコンタクトを取った獣騎士《ひと》。

そう思い返していると、女王がそこには答えないまま微笑んだ。困惑しているリズに、ヒントを与えるように少しだけ話す。

「わたくしたちは、人よりも少々敏感なのです。本人でさえまだ気づいていないことでも、その可能性を嗅ぎ取ってしまうのよ」

またよくわからないことを言って、女王がくすりと笑う。

私が必要だと思ったから、カルロは私を教育係に選んだの？　でも団長様は、監視したいから下に置いているだけなのだけれど——。

そう首をひねったところで、リズは後ろからぐいぐい肩を押された。鼻先でつついてくるカルロが、近くなった紫色《バイオレット》の目で見つめ返してくる。

やや遅れて、リズはここに来た目的を思い出した。

「すみません女王様、実は私たち、急ぎの用があってここへ来たんです」

慌ててそう伝えたら、そんなことはとうに知っていると伝えるように、女王が優しく微笑んできた。

魔力が使えるせいなのだろうか。リズは不思議に思いながらも、次の言葉を待ってくれている女王に話を続けた。

「実は、獣騎士団にいた二頭の幼獣が、行方知れずになってしまっているのです。もし居場所がおわかりになるのであれば、どうか教えていただきたいのです」

リズは、胸の前で祈るように手を組み合わせてお願いした。

少し考える女王の頭で、大きな白い耳が動いた。彼女は一度カルロを見て、それからリズの、果実のような赤紫色《グレープガーネット》の目を見つめた。

「『カルロ』も心配しているようですね。それではまず、あなたの一番の心配事を解消しましょうか――あの子たちなら、まだ無事ですよ」

「ああ、よかった！」

「いいえ、けれど急いだ方がいいでしょう。何か薬を与えられているのか、あの子たちの意識を感じられません。あなたも知っている通り、幼獣は繊細です」

安全を考えれば、体が弱ってしまう前に解毒した方がいい。

リズは察して言葉を失った。少し考えれば、そのまま連れ出せるわけがないと気づけたはずだ。不安で震えそうになる手をぎゅっとする。

「リズさん、どうか落ち着いてください」

「あ、はい。すみません、私……」

「わたくしは、多くのことに干渉できない身です。しかし、近くまでなら運ぶことは可能です。先程、あなたたちをここまで招いたように〝道〟をつなげられます」

不思議な力で――ということだろうか？

リズは握りしめた手を胸元に引き寄せて、女王を見上げる。

「あの子たちの近くまで、行けるんですか？　今すぐに？」

「はい。恐らくは、また狩りをしているのかもしれません。幼獣たちの移動も、今は一時的に止まっています。けれど彼らがそこから少しでも移動して、山を越えてしまったら私の力は届きません」

女王の、しっとりと濡れたような美しい紫色《バイオレット》の目がリズを見る。どうする？と、まるで判断を問いかけているみたいだった。

いったん戻って獣騎士たちに場所を教えたとしても、その間に場所を移動されてしまう可能性がある。

女王様は、今、移動は止まっていると言っていた。

そうして先程カルロは、密猟団は『ずる賢く』『卑怯』と毛嫌いするような言い方をした。もし彼らが、女王の推測の通り、別の狩りをしている真っ最中なのだとしたら……？

意識のない幼獣たちは、どこかに置かれている状態なのだろう。

「私、行きます」

考え至ってすぐ、リズは女王を強く見つめ返してそう答えていた。

「よいのですか？　わたくしの手助けは、届けることのみ」

「かまいません」

キッパリと意思表示した。もし山を越えられたら、女王の手助けであの子たちに会う方法はなくなる。ためらっている時間などない。

リズは、それでかまわないかと確認する目をカルロへ向けた。

目が合ったカルロが、またしても無愛想なしかめ面で「ふんっ」と鼻を鳴らした。

今度は小馬鹿にしているわけではなく、了承しているのだとリズはわかった。

今のこのタイミングが、きっとチャンスだ。

あの子たちを、この手に取り返せる機会を、逃がしてはならない。

「女王様、お願いです。どうか私たちを近くまで運んでください」

リズは、カルロと共に女王様へと目を戻して、そう伝えた。

女王様が、切なさを漂わせて微笑んだ。

「——ありがとう。幸運の娘リズ、そして勇敢なる『カルロ』」

彼女だって子孫が心配なのだ。けれど、動けない理由がある……不思議なお方である女王の目や表情から、リズはそんな彼女なりの苦しい思いを感じた。

◆§◆§◆

ごぉっと新鮮すぎる冷たい風に打たれるのを感じた。

まるで水だ。またしても息ができなくなるのを感じて、まぶしい光の洪水にぎゅっと目を閉じてしまった直後——ふっと、春のやわらかな暖かさが頬に触れた。

そっと目を開けてみると、そこはもう先程の場所ではなかった。

リズの目の前には、緩やかな傾斜の土肌と木々があった。所々には大小の岩のようなものが転がっていて、女王に会う直前までいた場所とも違っていた。

先程よりも標高があるのか、空気はやや冷たさを帯びている。

隣に立ったカルロが、現在の場所を確認するかのようにピンと耳を立てた。その白い毛並みが、ふわふわと優雅に風に揺れていた。

「とても静かね……」

リズは思わずつぶやいた。ここに自分以外の人がいるだなんて思えないくらい、辺りは静かだった。

木々のささやきの遠く向こうで、飛翔していく鳥類の鳴き声が聞こえてくる。どんなに耳を澄ましても、やわらかな春の風を吹き抜けていく音の他は聞こえてこない。

「あの子たちがいるのは、この近くなのよね？」

カルロの方の反応を確認してみると、同じく第三者の存在感を覚えていない様子だった。リズに伝えるように、すんっと鼻を動かして顔をしかめてみせる。

――人間は匂いを消せる。

ここへ来る前、カルロはそう言っていた。獣に感知させない方法があるとするなら、引き続き幼獣たちの匂いも消されている状況なのだろう。

でも、近くなのは確かだ。女王様が魔力を使って〝子の近くへ〟と自分たちを送ってくれている。

しばしリズは考え、すくっと顔を上げた。

「それなら、歩いてみましょう」

相手の密猟団が移動していない限り、自分たちの足で向かえるどこかに幼獣たちはいるはずだ。そう思ってカルロと目を合わせてみると、彼は同意と言わんばかりに「ふんっ」と答えてきた。

早速、リズたちは行動へと移った。近くに他の人間がいないか警戒しつつ、慎重に探索を始めた。

木々は背が高くて、見上げると木の葉の向こうの青空は遠く感じられた。所々に大きな石も転がっていて、傾斜は緩やかでやわらかな土色が目立っている。

まさに山の中の大自然といった感じだった。足元は木の根の凸凹などもあって、リズはスカートを持ち上げ、できるだけ急ぎ足を心がけた。

「あてはないから、直感でいくしかないのよね……」

下は緑が深い。上の方は木々の間隔も広いので、密猟団が見通しをよくして害獣対策をするのなら、そちらをいったんの待機所にするかなと考えて進む。

リズがいた村では、害獣が増える時期、そうやって男たちが狩りに乗り出していた。

その考え方でいくと、密猟団は上の方に一時的な待機所を設けている。そうしてさられた二頭の幼獣は、そこに置かれている可能性が高いと思われた。

そこは、自分たちがいるところから遠くはないだろう。もし上にいなかったら、すぐに引き返して下を捜す。それでもダメなら左右を捜す――。

そう考えて足を早めるリズの後ろでは、カルロが地面に鼻先を向けて匂いを嗅ぎ続けていた。

感知できないせいだろう。ブスッとした表情で黙ってついてくるカルロから、苛々しているのが伝わってきて、リズは申し訳なさを覚える。

「ごめんなさい、カルロ」

自分が頼りないせいだ。もしこれが獣騎士だったら、あっという間に近くの密猟者たちの居場所を突き止めていただろう。

そう思ってリズが詫びると、カルロが目を合わせないまま首を横に振った。自己嫌悪で苛立っている感じもしたが、字を書く気はないようで、何が彼をそんな表情にさせているのか、リズにはわからなかった。

「カルロ――」

気になって呼んだ時、カルロがピンッと耳を立てた。ある方向を注視してすぐ、そちらを見るよう促されてリズは前方へ目を戻した。

緩やかな傾斜の上へと目を凝らしてみると、広い間隔で立つ木々の向こうに大きな岩の一角が見えた。

洞窟だろうか？

それなら一時的な休憩場所としても最適だ。耳を澄ましたカルロが頭を動かして大丈夫だと伝えてきたので、リズは彼と共に駆けて向かった。

たどり着いたそこは、雨をしのぐには十分に奥行きのある岩場だった。

十数人くらい休めそうなその空間には、ごちゃっと複数人分の荷物が置かれてある。山旅などに使用する専用鞄だけでなく、狩猟用の物騒な銃器などもあった。

「密猟団の荷物、かしら……？」

リズは、武器に緊張を覚えて足を止めてしまった。そのいくつかは、村にいた頃に見た物に形が近かった。

その横で匂いを嗅ぎ出したカルロが、不意に背中の毛を少し逆立てた。後ろに目を走らせたかと思うと、ピンッと耳を立ててじっと向こうを見すえる。

警戒反応だ。普段にはないピリッとした空気を感じたリズは、遠くの物音を拾っているカルロを見て、あることが推測されて同じく緊張した。

「……もしかして、近くに誰か……？」

声を潜めて尋ねると、カルロが目を戻して小さくうなずき返してきた。

もしかしたら、この荷物の持ち主たちかもしれない。彼らが戻ってきて鉢合わせしたら大変だ。でも、まだあの子たちがいるのかどうかを確認していない——。

いや、こうして迷っている間にも、恐らく彼らは近づいてきているのだ。

それなら、その時間も全部使って行動した方がいい。鉢合《はち》わせしてしまった時のことを考えるよりも、今は幼獣たちを救うことが最優先だ。

「カルロ、中へ進んでみましょう。あの子たちがいないか確認するわ」

リズは決意すると、震える足を叩いて動き出した。大きな体をしたカルロが、外を警戒しながら身を低くしてその後に続いた。

足音に気をつけつつ、雑に置かれてある荷物を急ぎ確認していった。

岩場をもっと奥へと進んだところで、ふと、奥に大きな四角い荷物が置かれてあるのに気づいた。

それは目の粗い古布で覆われていて、上部分には雑な結び目があった。

するとカルロが、それを見た途端に美しい紫色《バイオレット》の目を見開いた。覚えでもあると言わんばかりに、これまでになく俊敏な動きで駆け寄る。

「カルロ、何か知っているの？」

地面は岩だ。字を掘ることはできない――そう考えた時、カルロが片方の前足で荷物の前をポフポフと忙しなく叩いて合図してきた。

それを見て、リズはようやく察して「あっ」と声を上げた。

ここにある荷物の中で一番大きくて、不自然なくらいにずいぶん容量のある唯一の四角い箱形の物体。

小型犬であれば、二頭くらい平気で収まってしまう大きさだ。

そう気づいた直後、リズは大急ぎでその古布を解きにかかっていた。

急いでもたつく手で覆いを取った。そこから現われたのは動物用の檻《おり》で、そこには二頭の幼獣が力なく横たわっていた。

「いたわ！」

リズは、脇目も振らずに檻を掴んだ。ふわふわの白い体をした幼獣たちは、普段見かけていた健康的な寝姿とは違ってぐったりとしている。

慌てて檻の扉を探した。すると痺《しび》れを切らしたように、カルロが「ふんっ」と鼻を鳴らして頭を寄せ、リズを少し横にどかした。

直後、彼が牙をむき出しに檻の上部分に噛みついた。バキリと音がして頑丈な檻が破壊され、リズは近くで目にしたカルロの獣的な一面に驚いた。

「檻も噛み砕けるくらいに顎も強いのね……」

そういえばカルロは、かなり大きな白獣だったと思い出す。

すると彼が「ふんっ」と視線をよこしてきた。今はビックリしている場合ではなかった。リズは破壊された檻の上部分に急いで両手を入れ、中から二頭の幼獣たちを救い出して胸に抱えた。

「大丈夫っ？　しっかりして！」

幼獣たちは、体を揺すっても目覚める様子はなかった。ぎゅっと抱きしめたふわふわのやわらかな体は、いつもより体温が低い。

「女王様が言っていた薬のせいなの？　なんだか顔色もとても悪いわ……どうしよう、今すぐに解毒剤とか必要なんじゃ――」

動揺のあまり涙声になった時、カルロが警戒したように顔を上げた。

向こうから、バタバタとした足音と騒がしい声が聞こえだした。それが耳に入った途端、どくんっとリズの心臓がはねた。

檻が壊れた音を聞かれてしまったのだろう。ここに自分たちがいるのを気づかれたのだ。『なんの音だ』、『向かえ！』と、複数の男たちの警戒する怒号が聞こえてくる。

怖い、足が震える。

この地に来るまで、村で暮らすただの平凡な娘だった。あんなにも敵意むき出しの荒っぽい男性たちの声を聞いたのも初めてで、リズは震えた。

すると、カルロが強さの宿った目を向けてきた。

――どうする。

そう冷静に問われている気がした。獣的な雰囲気を彷彿とさせるその目が、いったいどんな指示を期待しているのかは、わからない。

でもリズには、考える余裕も、悩んでいる時間もなかった。

「わ、わた、しは――私はこの子たちの〝ママ〟なの！」

リズはカルロの視線を受け止めた直後、幼獣たちを抱きしめたまま、ガバリと立ち上がってそう涙目で告げていた。

「何があったって離さないっ。怖いからって置いて逃げるだとか、絶対にしないわ。こうなったら、この子たちと一緒に逃げきってみせるんだから！」

見つけ出せたのだ。もう二度と、あんな檻になんて入れさせない。

このまま幼獣たちを連れて山を下る。そうして獣騎士団へと連れて戻るのだ。

朝一番から動いているみたいだし、もしかしたらジェドたちも山に捜索隊を出している可能性だってある。途中で合流できれば、確実に逃げきれるだろう。

リズは、そう自分に言い聞かせた。

そうでなければ、臆病な自分の足が震えてしまいそうだから。このまま自分たちだけで、どうにかしなければならないと覚悟していた。

こちらを、カルロはずっと見ていた。それから程なく、不意に獣的な雰囲気を抑えると、付き合うと伝えるようにして彼が知性的にうなずいてきた。

「行きましょうカルロ！」

リズは、声をかけるなり走り出した。下山を目指して岩場を出る後ろから、大きな白い体をしならせてカルロが続く。

一人と一頭、先を急いで木々の広い間を走った。

カルロは、人を背に乗せる訓練は積んでいない。そして獣騎士ではないリズも、未経験の自分が、幼獣たちを抱えたまま騎獣するなど無理だとわかっていた。

だから、ただ自分たちの足で、ひたすら走るしかない。

リズは胸に二頭の幼獣を抱えて、精いっぱい山道を駆けた。遅い彼女の走りにスピードを合わせて、カルロがぴったりとついている。

幼獣たちが奪われたと気づいたのか、岩場の方からいっそう騒がしい声が聞こえてきた。

「獲物を奪われたぞ！」

「チクショーッ、いったいどこのグループの人間だ！」

「捜せ！　幼獣を奪い返すんだ！」

複数の人間が駆けてくる足音が聞こえ始める。

リズは、不安と緊張で心臓がドクドクした。追いつかれて捕まってしまったら、殺されてしまう。そうして、この子たちを守れないまま、また奪われてしまう――。

もっと速く走らなければ。

そう焦りが増すと、木の根や土にも足が取られそうになった。

「ヴォンッ！」

その時、落ち着けと一喝するようにカルロがほえた。

リズは不意打ちの獣の大声に驚いたその拍子に、少し落ち着きが戻った。しかし直後、後ろから「こっちだ！」と聞こえてギクリとする。

私のせいで居場所が絞られてしまった。ああ、私は教育係なのに、どうしてカルロに助けてもらってばかりで頼りない〝先生〟なのだろう？

そう思っている間にも、男たちがもう見える距離にまで追いついてきた。自分の足が遅いせいだと気づいたリズは、自分の速度に合わせてくれているカルロを思い、不甲斐なさと悔しさに表情をくしゃりとした。

後ろから男たちの怒号が聞こえてくる。その剣幕に震え上がりそうになりながらも、幼獣たちを抱きしめている腕に力を込めて懸命に走った。

けれど、山の中を走り慣れてもいない娘が、鍛えられた男たちを振り払えるはずもない。

次第に距離が縮まってくるのを感じた。必死に走るリズに、無精ひげを生やした一人の男が、狩猟銃を片手に苛立った様子で腕を伸ばした。

「このクソ女！　止まれ――」

その手が、リズの背中で揺れるやわらかな髪に届きかけた時、カルロが目を走らせ、迫ったその男を大きな尻尾を動かして払い飛ばした。

「この野郎っ！　獣の分際で！」

別の男が狩猟銃を構えるのが見え、リズは背筋が凍った。真っ青になった顔で、咄嗟に「やめて！」と叫んだ。

「カルロを撃たないでっ！」

そんな悲鳴のような声が彼女の口から上がった瞬間、カルロがすばやく動き出した。その狩猟銃に食らいつくと、そのまま乱暴に放って男を木へ叩きつけた。

直後、他の男たちが一斉に銃を構え、次々に発砲してきた。

リズは「きゃあ！」と悲鳴を上げて頭を低くした。恐怖で一気に足がすくみそうになったが、せめて幼獣たちにはあたらないようにとぎゅっと抱え込んでいた。

私が、この子たちを守らなくちゃ。

たとえ撃たれたとしても、こうしていれば幼獣たちにはあたらないはずだ。

悲鳴に気づいたカルロが、反撃の手を引っ込めリズのもとまで後退した。乱れ撃ち状態の中、銃弾の軌道からそれるようにかばいつつ彼女を走らせる。

男たちは、後ろからどんどん撃ってきた。

もう何がなんだかわからなくなるくらい、木や土にあたる音がしていた。銃声と着弾音が続く中を、リズはがむしゃらに走るしかない。

「どんどん追い込め！　相手は女一人と獣だ！」

「あっちは罠《わな》を仕掛けてある場所だ！　そのまま追い込んで向かわせろ！」

「ははっ、罠のどれかに引っかかればこっちのもんだ！」

罠……？　ここに、この子たちみたいな子を、他にも捕まえるための罠を仕掛けているの？

リズは、後ろから聞こえてきたキーワードを耳にした途端、かぁっと怒りが込み上げるのを感じた。何もできない自分が悔しい。

「ひどい、どうしてそんな——」

「ヴォン！」

またしてもカルロが大きな声でほえた。そんなことを言っている場合じゃないだろうと、一喝された気がした。

走ることに集中しなければならない。たとえ男たちが威嚇射撃に切り替えているとしても、気を抜いたら彼らの銃弾に狙われるだろう。

「そうよね、この子たちのために、今は自分のできることをしないと……っ」

足を必死に動かして前へと進みながら、リズは怖くて震えそうになる唇を一度きゅっと引き締めた。

響き続けている銃撃音で耳がぼわぼわする。近くに着弾するのを感じるたび、体を撃たれたら……と想像して、心臓はずっとドクドクしている。

でもリズは、腰が抜けそうな自分を奮い立たせるようにカルロを見た。

「もしこの山に、獣騎士の誰かが入ってきているのなら合流する。いないのなら、このままどうにか町まで下りて、そこで助けを求める」

リズは、自分たちのすべきことを改めて確認するように告げた。カルロが普段と違う真剣な表情で、こくりとうなずき返す。

必死に走り続けていると、やがて銃撃音が遠ざかりだした。

もしや、彼らは先程の〝追い込み〟を実行して威嚇射撃をしているのだろうか。そうだとすると、この一帯に例の罠とやらが仕掛けられている……？

「カルロ、気をつけて。ここから先、彼らが仕掛けた罠があるかも」

幼獣たちを胸にぎゅっと抱きしめたリズは、心配して隣を走るカルロを見た。

視線を返してきたカルロが、何か言いたげな顔をした。けれど、伝える手段がないのを、歯がゆく思うような苦渋の表情を滲ませる。

白獣たちは、密猟者によく狙われる。過去に仕掛けられた古い罠が、まだ獣騎士団にも発見されずに残っているのも珍しくない。

リズは、この場所に潜むそんな危険に気づかないままでいた。逃げきれる可能性に期待して、いっそう足に力を込めて先を急いだ。

どれくらい走った頃か、いつの間にか銃撃音が途切れた。

「追ってきては……いないみたいね」

足音や気配もない。リズは後方の様子をチラリと確認すると、希望が湧いて張りつめていた警戒心も知らず緩んだ。

「もしかしたら、このまま振りきって下山できるかもしれな――」

その時、次の一歩を踏み込んだ足が沈んだ。

がくんっと体が落ちるのを感じたリズは、不意打ちのことで「あっ」と声を漏らした。広範囲の地面が一気に崩れ、さーっと血の気が引く。

落とし穴だ。

それは絶望的な程に大きかった。大型級の白獣であるカルロごと、崩れていく地面が自分たちを丸々とのみ込んでいくのが見えた。

落下していく。空が、どんどん遠くなっていく。

リズは、咄嗟に幼獣たちを守るようにして胸にかき抱き、ぎゅっと目を閉じた――

そうして背中に衝撃を覚えた直後、彼女の意識はプツリと途切れた。

※※※

一頭の獣が、山を駆けている。

白い毛並みを揺らし、逞《たくま》しい四肢を動かし、その美しい紫色《バイオレット》の目はただただ前方を見すえ続けていた。

──ああ、この足が、もっと速ければ。

その獣は土をえぐり、木の根を爪で傷つけながら、ただひたすら走る。

もし今の自分に、岩を噛み砕く程の力があったのなら。もしくは雷光のごとく風になって、大地を駆け抜けられれば……あるいは空を駆けられたのなら。

──そうであったのなら、簡単に助けられたのではないか、と。

速く、速く、もっと速く走るのだ。

魔力で守られてもいない四肢の先が、ただの獣と同じ柔さでもって傷つくのを感じる。それでもかまわず、鼻先や体に土埃《つちぼこり》をつけたまま大地を駆けた。

一頭の獣が、暴走したかのように猛然と走る。

唐突に、町へ飛び出してきた彼を見て、人々が「野生の白獣が出た！」と悲鳴を上げて逃げ出した。しかし、彼は脇目も振らず、ただ一人の人間の匂いをたどって、大騒ぎする町中を駆け抜ける。

助けたい、助けたいモノがいる。

速く、速く──。

彼はこらえきれなくなって立ち止まった。肺いっぱいに空気を取り込むと、初めて腹の底から、獣の凶暴性を詰め込んだ咆哮《ほうこう》を上げた。

それは、あらゆる生き物を震え上がらせる程に強く響き渡った。

居合わせた町人たちが、「ひぇ⁉」と反射的にすくみ上がる程だった。獣は『気づけ』、『オレを見ろ』と言わんばかりに野獣の叫びで空気を震わせる。

一頭の恐ろしい、それでいて咆哮する姿が実に美しい獣だ。

それはどの白獣よりも大きい――最近、『カルロ』と呼ばれている獣である。

長く、長く続けられる咆哮。

いったい何事だと、相棒獣に乗った獣騎士が駆けつける。近くの館内にいたジェドとコーマックも、他の獣騎士らと同じく「なんだ⁉」と外へ飛び出してきた。

カルロに気づいたジェドが、その姿を目に留めて表情をこわばらせる。

「お前、その姿はどうした……？　そもそもなぜ、外にいる？」

誰もが緊張して見守る中、ジェドが歩み寄る。

カルロは、ジェドを目にした直後には咆哮をやめていた。向かってくる彼を待つかのように、じっと目を見合わせ続けていた。

「まさか、何かあったのか？」

そうジェドに問われたカルロは、肯定を伝えるべく、落ち着きを払った紫色《バイオレット》の目で、向き合った彼を真っすぐ見つめ、うなずいてみせた。

これから話そう。

そうして、直接、オレの声や思いを聞いてくれないか。

そのままカルロは、視線の高さを合わせるように見つめていたジェドへ――敬意を持って、忠誠を誓う戦士のごとく深々と頭を下げた。


オレには、お前が必要だ。

そしてお前には、オレが必要なんだろう、『団長様』とやら。


リズ流の呼び方を思って、カルロは苦笑を浮かべる。

初めて目にした時から、わかっていた。任せられるという絶対の信頼感。欠けていたモノが埋まり、物足りなさも不安もすべて払拭されるような感覚。

この人間を一目見て感じたのは、オレはこいつの獣であったのか、という安心感だった。

共に生きられる相棒。共にすべてを分かち合える戦友。

自分が欲しかったものは、コレであったのかと気づかされた。もうオレは一頭《ひとり》ではない。彼と一緒であれば、もう怖いものは何もない。

オレが、リズを選んだのは――この騎士にとって、リズは〝特別〟な存在で、彼が彼女を〝気に入っている〟予感がしたからだ。

一人のオスとして惹かれているようだった。見つめていたい、近づきたい、触りたいと、彼女の姿を追うその目に、日増し特別な想いが宿っていくようにも感じた。

そうして先日、ようやく彼は自覚したみたいだった。

他のオスにかっさらわれる可能性に気づいたのか、『ひとまず後で策を考える。それまで〝同じ事故〟は起こさせるな』と、オレ相手に頼んできた。

彼はもう、リズを手放す気はないらしい。

オレもリズを気に入っている。

――つまり獣《じぶん》の予感は確かであったのかと、カルロは思った。

※※※

体がなんだか痛い。

リズは「うっ」と呻く自分の声で意識が戻った。パラリと降ってきた小さな石が、頭にあたるのを感じた。土っぽい湿った匂いもしている。

ゆっくり目を開けてみた。

とても静かだ。風が、頭上高くで通り過ぎていく音がしていた。

そういえば、自分は落ちてしまったのだ。打ちつけた体が、ずきずきと痛んでいる。すぐに動かせそうになくて、リズはそれが次第に落ち着くのを待とうと考えたところで――ハタと思い出した。

あの子たちは……？

リズはハッとして、横になってうずくまっている自分の腕に目を走らせた。するとそこには、小さな寝息を立てている二頭の幼獣の姿があった。

その腕の中にいる二頭は、少し土埃をかぶっただけだった。彼らを離さないでいたリズの腕に守られて、二頭とも無事でいる。

ほうっと安堵の息がこぼれた。

どうやら落下の衝撃で、自分は一時意識を失ってしまっていたらしい。

リズは現状を理解すると、幼獣たちを胸に抱えたままズキズキとする体を起こした。

その場でどうにか座り込み、痛みの余韻が引くまで数呼吸分待った。

見上げてみると、三階分の建物の屋根かと思える高さに、ポッカリとあいた穴の入り口があった。その遠く向こうには青空と木々がある。

「……だいぶ深い穴だわ」

自分がジャンプしたところで、到底手など届きそうにない。辺りを見回せば、馬車一台が丸々落ちてしまえる程の広さがあった。

「こんなにも大きな穴、どうやって掘ったのかしら……」

呆然としてしまって、つい不思議に思ったことをつぶやいてしまう。

返ってきたのは、しんと静まり返った空気だけだった。そこでリズは、一緒に落ちたカルロを思い出した。

「カルロ?」

急ぎ見回してみたが、カルロの姿はどこにもない。

戦闘獣なのだ。獣の俊敏な身体能力で無事だったのだろう。そう思って胸をなで下ろしたところで、穴の外にも彼の気配を感じないことに気づいた。

「あ……、もしかして」

これまでの追い目から、知らず口から言葉が漏れて胸がズキリとした。

どうして自分が、カルロに教育係として選ばれたのかわからないでいた。もしかしたら、こんなにも頼りない教育係だったのかと、先程の件で彼を失望させてしまったのでは……?

そうしてカルロは、落ちてびっくりした拍子に獣の本能を思い出し、そのままこの穴から飛び出していってしまったのではないだろうか。

そんな可能性を考えた途端、体から力が抜けていった。

あまりの自分のダメダメさに、きっとそれしかないだろうと思えた。リズは、ぺたりと座り込んでしまった。

「……やっぱり、私ではダメだったのね」

腕の中でぐったりしている愛しい幼獣たちを見下ろして、つい涙腺が緩んだ。

やはり自分は、教育係としては全然ダメだったのだろう。教える者と教えられる者の信頼関係や、交流も深められていなかったのかもしれない。

カルロはとても賢くて、能力も高い白獣だ。

それでいて、とても強い意思を瞳に宿していた。嫌になって途中で逃げ出すような獣ではない。

悪いのは全部、そうさせてしまったリズの方だ。

あんなにも能力が高く賢かったのに、こんな平凡な自分が教育係にあたってしまったせいで、カルロを相棒獣として成長させてあげられなかった。

「ごめんなさいカルロ、私が不甲斐ないばっかりに……」

涙が込み上げそうになった。少し性格に難はあるけれど、心強くて、それでいてやんちゃな子供みたいで……そういった全部をかわいくも思っていた。

カルロを、立派な相棒獣にしてあげたかった。

でも、もう無理なのだろう。彼は山へ去っていってしまった……もう、彼とは会えないだろう。

リズは、ぐったりとして意識のない二頭の幼獣をかき抱いた。

「せめて……世話係として、この子たちだけでもどうにか助けないと」

今の自分を奮い立たせるように、そう口にする。

この子たちを、助ける手段を考えなければならない。こうしている間にも、先程の男たちが、自分たちを捜して近くまで来ているかもしれない。

見つかってしまったら、この子たちが連れていかれてしまう。そんなことは絶対にダメだ、自分の命に代えても。

でも、どうやってこの穴を登ればいいの？

考えても考えても、何も浮かばない。自分が無力であることばかりが実感させられて、潤んだ瞳からじわりと涙があふれてきた。

思えば先程だって、カルロがいたから銃撃の嵐をくぐり抜けられたのだ。

「……ごめんなさい、私、何もできなかった」

なす術がない。そんな現実に胸を貫かれて、リズはとうとうぽろぽろと涙をこぼした。それは頬を伝って、次から次へと流れ落ちていく。

先程のけたたましい銃撃音が、嵐の前触れのような静けさの中で思い返された。小さく震えだした腕で、それでもと、二頭の幼獣を抱きしめる。

「でも、あなたたちのことは、必ず助けるから」

一度あふれ出した涙は止まってくれなかった。本当に自分の子みたいに愛しい白獣の子供たちを胸にかき抱いて、その生きている温もりにリズは泣いた。

その時、遠くで発砲音が上がるのが聞こえた。

そんなに離れていない別方向から、鈍く騒がしさが伝わってくる。

もしかして先程の男たちが、自分たちが落ちてしまった穴を見つけてしまったのだろうか……？

そう思った直後、上から降り注いでいた日差しが遮られた。

リズは恐怖を覚えてすくみ上がり、幼獣たちをかばうようにして見上げ――視線の先でパッと飛び込んできた光景に、大きな赤紫色《グレープガーネット》の目を見開いた。

「ここか！」

穴の上からこちらを覗き込んだのは、獣騎士団長のジェドだった。彼は軍服のロングジャケットの裾を揺らし、空中に浮く大きな白獣にまたがっている。

パチリと目が合った途端、ジェドがこわばっていた表情を解いた。

「ああ、よかったリズ！　待ってろ、今すぐ引き上げてやるからな」

「だん、ちょうさま……？」

リズは、もういろいろな驚きで言葉がうまく出てこなかった。しかもジェドが騎獣している大型級の白獣は、見間違えるはずもないあのカルロだ。

いったい、何がどうなっているんだろう？　どうしてジェドとカルロが？

そう戸惑っている間にも、カルロがジェドの合図に従って宙を駆け、リズのある穴の底まで下りてくる。

「どうして……？　いったい、いつの間に……？」

混乱して見つめていると、カルロがふわりと降り立った。そのまま普段の調子で「ふんっ」と鼻を鳴らす様子は、安堵とも、小馬鹿にしたとも取れない。

すると、その背からジェドがすぐに降りてきた。

「早く迎えにこられなくて、すまなかった」

言いながらリズの前で片膝をつくと、彼が指先で優しく涙を拭った。その触れられた温かさに、リズは一瞬ぴくっと反応してしまう。

「泣いていたのか？」

初めてジェドが、弱った様子で秀麗な眉を下げた。

そのまま指先で目尻をなぞられて、リズはなんだかドキドキしてしまった。直前まで震えていたはずなのに、彼の美しい青い目と見つめ合っていた。

「安心しろ、密猟団の方にはコーマックたちが向かっている。すぐに片づく」

ジェドが言いながら、なだめるように両手で頬を包み込んでくる。

頬からじんわりと伝わってくる熱に、リズは自分の緊張が解けるのを感じた。どうして、こんならしくないことをしてくるの――そんな言葉も思い浮かばない。

「……もう、大丈夫なの……？」

気づけば、リズは彼の手の一つの上に自分の手を添え、今度は安堵からハラハラと涙をこぼしていた。

初めて見るリズの大粒の涙に、ジェドが青い目を少し見開く。

「私、この子たちのこと、守れた？」

「ああ。お前は、この子たちのことを守ったんだ。よくやった」

「でもっ、団長様、この子たち、まだ目覚めないの」

ずっと心配でたまらなかった思いを口にした途端、涙が次から次へとあふれ、リズの言葉は途切れ途切れになる。

「リズ、大丈夫だ。大丈夫だから」

ジェドが、そんなリズの顔を両手でなで、弱ったように髪を後ろへと梳く。

その手は、とても優しかった。これまでに感じたことのない、不思議な気持ちが込み上げるのをリズは感じた。

「落ち着けリズ、大丈夫だ。うちに連れて帰れば、すぐに治療もできる。だから泣くな、大丈夫だから」

どうしてか、彼の言葉にとても安心できた。いつの間にか混乱も収まっていたリズは、彼を信頼してしおらしくうなずき返していた。

不意に、ジェドの眼差しが熱を帯びた。頬をなでていた手を止めると、そのまま引き寄せるようにして顔を近づけてくる。

「団長様……？」

不思議に思って見つめていたら、――ぐっとこらえるようにジェドが止まった。

直後リズは、悩ましげな眉を寄せた彼に、胸に抱いている幼獣ごと抱きしめられていた。あまりの力強さに、一瞬息が詰まりそうになる。

「無事でよかった」

逞しい腕が、リズをぎゅうっと抱きしめる。

自分よりも高い体温が、じんわりとしみてくるのがなんだか心地いい。それを感じていると、安心させるみたいに背をポンポンとなでられた。

「帰ろう、リズ。怪我の治療もしないと」

そう言われて、リズは自分が落下したことを思い出した。少し乱れてしまっている足元へ目を向けてみれば、白い肌の上に小さなかすり傷が見えた。

ジェドに手を取られて、立ち上がらされた。

まるでエスコートされている気分で、とても不思議な感じがした。軍服を着ているのに、正装した一人の貴族にも見える。

彼の美貌をぼうっと見つめてしまっていたら、手を取ったまま、彼が優しげな微笑を浮かべた。

「おいで、リズ」

ずいぶんやわらかな口調で、そう促された。

こんな彼を見たのは初めてだ。普通に笑える人なんだな……そう思いながらも、リズは手を引かれて誘われるまま、彼に導かれてカルロの方まで来ていた。

ジェドの手が離れていく。なんだかそれを夢見心地で追ってしまったリズは、高い位置からじっと見てくるカルロの視線に気づいた。

そういえばと思い出して、リズは驚きと感心がない交ぜになった目で見上げる。

「カルロは、団長様を呼んできてくれたのね、ありがとう。……あなた、いつの間に立派な相棒獣になったの？」

「ふんっ」

尋ねて即、相変わらず反抗的な様子で鼻を鳴らされてしまった。

おめでたいことなのに、喜びの言葉も受け取ってもらえそうにない。どうしてだろうと首をひねったリズは、そこで「あっ」と気づいた。

「そうよね。こうやって団長様の相棒獣になれたのだから、もうきちんと別に名前もあるのよね。ごめんなさ――」

「こいつは〝カルロ〟のままだ」

ジェドが、唐突にそう口を挟んできた。

言葉を遮られたリズは、「え？」と目を丸くした。目を向けてみると、ジェドが慣れたようにカルロの背に飛び乗って、またがるのが見えた。

「名前は、お前が名付けた〝カルロ〟だ」

こちらを見下ろして、ジェドがもう一度言う。

つまり自分がつけた名前のままであるらしい。そう理解したリズは、幼獣たちを胸に抱えたまま、おろおろと戸惑って少し返答に遅れてしまった。

「あの、でも、私、相棒でも獣騎士でもないですし、その名前は、勝手につけたニックネームで――」

「そんなの知るか」

お前の意見など知ったことかと、ジェドがいつもの偉そうな調子で告げる。

「いいか。俺は、お前がつけたカルロのままでいくと決めていたし、カルロだって、もとより変更する気は毛頭ない――と俺に伝えてくるぞ」

カルロへと指を向けて、ジェドがそう教えてくる。

リズは、そういえば相棒騎士と相棒獣は、意思疎通ができるのだと思い出した。魔力がつながっている間は、心の中で会話ができるのだとか。

でも、名前については〝本来、相棒騎士が相棒獣へ贈る一番目の大切なもの〟であると聞いていただけに、リズの戸惑いも大きかった。

そのままでいいとは、いったいどういうことだろう。

本人たちが、それでいいと言っているのだから、いい、のだろうか……？

するカルロが、「ふん」と鼻息を漏らして四肢を少し屈めた。続いてジェドが、こちらに手を伸ばしてくる。

「ごちゃごちゃうるさいな。いいから、とっとと乗れ」

「え？　乗る？　――あっ」

いきなり抱き上げられ、そのまま彼の前に座らされてしまった。

尻の下がやわらかい。すぐ後ろには、支えてくれているジェドがいる。リズは彼の体温にどうしてか緊張が増してしまい、幼獣たちをぎゅっと抱きしめた。

「あ、あの、団長様……？」

おずおずと声を出して確認する。

「私、両手でこの子たちを抱えているので、しがみつけないのですけれど――」

「俺が支えるから平気だ。お前はただ、俺に身を任せていろ」

言いながら、彼の手が腹に回ってきた。

後ろから引き寄せられたリズは、慌てかけて、ふと先程の騎獣光景を思い出して嫌な予感を覚えた。そういえば、今、カルロは空を駆けられるのだ。

「あ、あの、私いきなり空を飛ばれるのは、ちょっと無理かもしれな――」

「よし。カルロ、なら遠慮はいらん。勢いをつけて上昇だ」

「うぇ⁉　あっ、ちょ、まっ」

　直後、カルロが勢いよく跳躍した。ぐんっと体が揺れ、急上昇していく感覚にびっくりしたリズは、舌を噛みそうになって慌てて口をつぐんだ。

　そのまま、カルロが威勢よく穴から飛び出した。あっという間に木々を越え、ぐんぐん上空を目指して空を駆けていく。

　眼前に広がる青空、どんどん小さくなっていく下の山の木々……。

　そこでリズは、とうとうこらえきれなくなって「きゃーっ」と悲鳴を上げ、怖くて後ろのジェドに背中をぎゅっと押しつけた。

　ジェドが、そんなリズを後ろから見下ろし、色鮮やかな青い目を「ふうん？」と瞬かせる。

「――ははっ、これはこれで悪くないな」

　珍しく彼が上機嫌な笑いをこぼした。それを聞いたカルロが、ほら見ろやっぱりなと言わんばかりに、同じ様子で口元を引き上げて尻尾を機嫌よく振った。

　リズは風の音がすごくて、よく聞こえなかった。

　眼下には、山の緑、目の前には青い空が広がっている。なんて高いのだろう、落っこちたら一たまりもない……心臓もドキドキしていて頭の中もうるさかった。

おかげで、下の方で何やら密猟団の身柄確保の騒動が続いているようだったが、怖くて目を向けられないでいた。

その時、リズは、上空にいるのは自分たちだけでないことに気づいた。三頭の相棒獣と三人の獣騎士がいて、そのうちの一人は副団長のコーマックだった。

「リズさん！　無事だったんですね！　よかったです」

視線を返してきたコーマックが、そう大きな声で言いながら、ぶんぶん手を振ってくる。他の二人の獣騎士たちも、平気そうに手で合図してきた。

それを見たリズは、高いところで片手離し……と、ふらりとした。

「よくないよくないんですよ、高いんです！」

リズは、思わずそう叫び返した。普通にしている彼らが信じられない。

すると、そこでようやく察してくれたのか、コーマックが二人の獣騎士たちと揃って「あ」という顔をした。

「そういえば、リズさんは初騎獣でしたね……」

「つか、考えてみりゃ、獣騎士以外が白獣に乗るなんて、ないしなぁ」

別の騎士がそう言うと、もう一人の騎士も「たしかに」と相づちを打つ。けれど彼らは同時に「まぁ、でもありかな」と、なんとなく察した表情もしていた。

「団長って領主でもあるし、……その相手となると、よかったりするんですかね、副団長?」

「僕に聞かないでください……リズさんと一緒に転んで、誤解した団長に本気で殺されそうになった時の心的ダメージが、まだ残っているんです……」

相棒獣は、基本的に人生のパートナーであっても背中に乗せない。だがコーマックは、リズを押し倒してしまったダメージもあって、考える余裕はなかった。

すると、話を聞いていた獣騎士がこう言った。

「団長の場合、これからが大変だと思うんですけどねぇ。まず、素直に想いを伝えることからハードルがありそうじゃないっすか?」

「確かに。思いを口にするまでが長くて、副団長がとくに苦労しそうですよね～」

コーマックが、そう話す部下たちを見た。自分たちより団長と付き合いの長い彼の愕然とした表情に気づいて、彼らも「え」と揃って見つめ返した。

会話が途切れ、三人の間にしばし微妙な沈黙が漂う。

「何か喋っているようではあるのだけれど、何かしら……」

つい気になって、リズは理想の優しい上司像であるコーマックを見つめていた。少し距離も離れているし、風の音も強くて話し声がうまく聞き取れない。

と、不意に、腹に回されている腕に力が入るのを感じた。

「面白くないな」

もっとジェドの方へ引き寄せられ、耳元に吐息を感じた。

ぎゅっと密着されたリズは、「へ？」と声を上げてしまった。見上げてみると、彼は麗しい顔に意地悪そうな笑みを浮かべている。

「えっと、団長様……？　どうかしたんですか？」

「よそを見ているとは、余裕だなリズ？」

「いえ、余裕はまったくないのですが、その……どうして私は、もっとぎゅっとされているのでしょうか……？」

「これから少し揺れるからな。だからお前は、しっかり幼獣たちを抱えておけ」

ニヤリとして彼が見下ろしてくる。

こういう顔をするのを見て、ろくなことがあった試しがない。なんだか機嫌がよさそうな彼を前に、リズは反射的に警戒してピキリと固まった。

カルロが優雅に動き出した。自分たちの相棒と共に、コーマックたちが目を戻して揃ってリズに手を振ってこう言ってきた。

「リズさん、お疲れ様でした！」

「もう立派な獣騎士団の一員っすね！」

「ほんとお疲れ様です！　また後で会いましょうね～」

そんな部下たちの言葉に、ジェドが簡単に片手を上げて応える。

「——よし、行くか」

直後、彼は自分の相棒獣の背に合図を送った。カルロが、よしきたと言わんばかりに大きな白い体をしならせ、解放感たっぷりに四肢を動かす。

直後、一気に空を駆け出された。リズは胸の幼獣たちをぎゅっとし「きゃぁああああっ！」と声を上げて、ジェドの方へ身を寄せた。

「一気に降下するとか怖すぎるいやあああああっ」

「ははっ、大丈夫だ。カルロも俺も絶対に落とさない」

「人が半泣きしているそばで、なんですごくいい笑顔なんですか⁉　あっ、待ってカルロ急に方向転換するのなし！　やだ団長様もっとぎゅっとして！」

「ははは、いいぞカルロ。今日が初めてにしては、いい飛行だ」

なんだかジェドが上機嫌で告げ、カルロも「ふんっ」と楽しげに鼻を鳴らした。

けれどリズは、とにかく怖いし速いし風もすごいし——相棒獣になったカルロのデビュー飛行を楽しむ余裕なんてなかったのだった。

終章　教育係を終えて

事件の翌日、リズは幼獣たちの世話係へと戻った。

どうやら昨日落ちた穴は、古い罠の一つであったらしい。生け捕り用だったようで、奇跡的に少しの擦り傷と打撲で済んだ。

たいした怪我もなかったおかげで、獣騎士団の特製薬草ジュースという個性的な激まず栄養ドリンクを飲んで、一晩ぐっすり寝たら体調も戻っていた。

暴れ白獣だった新入りのカルロは、昨日の密猟団の一件をきっかけに、無事にジェドの相棒獣になった。昨日付で獣舎に部屋を与えられ、彼の相棒として共に仕事にあたっている――らしい。

「今朝、副団長様たちに話を聞いただけだから、なんだかまだ実感がないわねぇ」

朝一番の幼獣たちの世話が一段落したところで、リズは幼獣舎の中で思い返してつぶやいた。

昨日はそのまま休みをいただいてしまったので、あの後カルロの姿は見ていなかった。教育係も終了し、今日からは幼獣たちの世話係だけだ。

とはいえ、その後の様子については獣騎士たちから話を聞いていた。

あのカルロは、なかなかジェドともいいコンビであるようだ。なんと他の密猟団に関しても、昨日いっぱいで全部片づけてしまったのだとか。

「カルロが、自由に出入りできるようになって何よりね」

これで目的達成、それでいて一件落着だ。

リズは朝から、獣騎士団内に穏やかな空気が戻っているのを感じていた。コーマックはプライベート関係なのか、なんだか胃が痛そうにしていたけれど。

もう自分は教育係を卒業した。

後は、この子たちの成長を見届けるだけだろう。

そう思って、幼獣舎内にいる愛らしい幼い白獣たちの姿を目に留めた。白いふわふわの体を揺らして、短い手足で健やかに動き回っている。

「あなたたちも、無事に元気になってよかったわね」

リズはしゃがむと、昨日は大変な目に遭った二頭の幼獣を呼んだ。すっかり元気になった彼らが、もふもふと楽しげにやって来たので「かわいい！」と抱きしめる。

白獣の治療には、獣騎士の魔力操作が一番効くらしい。

昨日、治療室で専用の薬で解毒した後、体内の魔力を調整して治癒能力を上げたのだと、リズは日記をつけてくれていたトナーから聞いた。

「一時はどうなるかと思ったけど、たった数時間で元気に戻ってくれて本当に安心したわ……はぁ。すっかり温かくなって、今日も素敵なふわふわふわねぇ」

ぎゅっと抱きしめていたリズは、思わず頬ずりする。

すると幼獣たちがうれしがって、ペロペロと顔をなめてきた。もふもふでやわらかい、温かい。やっぱりかわいい。

「ふふっ、私も大好きよ」

うれしくなってぎゅっと抱きしめたら、周りにいた他の幼獣たちも一斉に「みょん！」やら「みゅーっ」やらと鳴いて、体をぐりぐりとこすりつけてきた。

ブラッシングを終えた毛並みは、とてもふわふわとしている。綺麗にした口元からは、先程あげたミルクご飯の匂いがほんのりと漂っていた。

「ああ、なんて癒やされるのかしら」

このまま、もふもふに浸っていたい……。

彼らは、これから一回目の食後の仮眠の時間だ。一緒に、少しだけ横になってしまってもいいかしらと、リズは今日からの再び幼獣専属の世話係ライフを思った。

満面の微笑みを浮かべて、心から癒やされて幼獣たちに額をつける。

「ふふっ、ほんとにかわいいわねぇ。大好きよ」

その時、不意に後ろの襟首をバクリとくわえられた。

いきなり体が持ち上げられてしまい、集まっていた幼獣たちが、ころころっと落ちていく。

「いったい何事⁉」

びっくりして目を向けてみると、そこには、なぜかカルロがいた。仕事衣装の襟元の部分を、後ろからくわえられ持ち上げられている状態である。

ジロリと見下ろしてくるカルロの紫色《バイオレット》の目は、なんだかちょっと不機嫌だ。

「え……、もしかしてまた野生に返っちゃったの？」

この傍若無人な光景には覚えがあって、リズは混乱した。

昨日、最後に会った時は、相棒獣デビューを果たせてすごくうれしそうだった。それなのに、その後で何かあったのだろうか……？

すると、思った疑問に答えるように、よく知る男の声が降ってきた。

「そんなわけないだろ」

そう聞こえてようやく、リズは、カルロの背にジェドがいることに気づいた。

腕を組んでいる彼は、なぜか切れる五秒前といった笑みを浮かべていた。夜のような深い紺色の髪が、形のいい青い目にかかってさらりと揺れている。

「さすが相棒獣だ。ここも俺との考えが一致したらしいな」

引きつり気味のジェドの口元から、続けて出た声も少し低い。彼の見目麗しい顔には、よくよく見れば小さな青筋まで立っているようだった。

なんだか、機嫌が悪い……？

昨日、仕事では大成功を収めたと聞いている。ここ連日続いていた密猟団の件も済み、後は少しの書類処理などのやり取りだけだと耳にしたばかりだ。

「……えっと、団長様、昨日ぶりですね」

リズは、彼の苛立ちの理由がわからなくて、恐る恐る声をかけた。

そうしたらカルロとジェドが、揃ってフッと鼻で笑ってきた。

「相変わらず幼獣たちに大人気で何よりだ。昨日、本館の入り口まで送って降ろして以来だというのに、俺のところに来ないで、真っ先にこっちに来て時間を使っているとはな」

「え？　あの、そもそも私は、団長様のもとへ行く理由がないのですが……」

報告についても、いつも通り副団長のコーマックに行った。リズの立ち場からすると、彼を飛び越して獣騎士団のトップに会うこともない。

「ええと、教育係だって無事に終わりましたし、私は今日から、この子たちだけの世話係ですから」

リズは、戸惑いながらもそう答えた。

するとジェドとカルロが、またしても揃ったタイミングで、今度は不機嫌なオーラを出して黙り込んだ。待たされているリズは、そろそろ持ち上げるのをやめて欲しいと、少し思った。

その時、ジェドが美しい思案顔で「ふうん」と言った。

「この子たちだけ、ね――」

そうつぶやいたかと思うと、ジェドが不意に不敵な笑みを向けてきた。気のせいか、初めて出会った時に『逃がすかよ』と言われた台詞が頭をよぎった。

反射的にビクリとしたら、彼が美しい顔を近づけてきた。ジェドの鮮やかな青い目は、リズの心の奥まで見透かすようで息をのんでしまう。

「――残念ながら、お前は今日から幼獣の世話係〝兼〟俺の相棒獣の助手だ」

唐突に、彼が決定事項のように強く告げてきた。

リズは「は……?」と呆気にとられた。

「世話係、兼、相棒獣助手……?」

確認するように繰り返し、みずみずしい果実を思わせる綺麗な赤紫色《グレープガーネット》の目をしばし瞬かせる。その様子を、ジェドが近くからじっくり見つめていた。

「って、え、――ぅえええええ⁉」

少し遅れて理解し、リズは思わず反論の声を上げた。

「ちょ、待ってください、獣の助手っておかしくないですか⁉」

「いったいどこがおかしいと？」

ジェドが背を伸ばして、しれっと言う。

そんな鬼な上司を見たリズは、我慢できなくなって、怖くて涙目になりながらもこう言い返した。

「相棒獣の助手って……わ、私、カルロ以下の扱いじゃないですかっ」

ひどい、鬼だ。というか、そんなことってあっていいの⁉

信じられない。そう騒いでいるリズをくわえ持つカルロが、ちょこまか動いて鳴いている幼獣たちを見下ろし――「ふんっ」と優越感に鼻を鳴らして動き出した。

「あっ、カルロ止まって。どこに連れていこうとしているのっ」

「喜べ。今日からカルロの助手として、この俺の直属だ。つまりこれからは、何よりも俺を優先しろ」

「直属!?」

リズは、ぷるぷるした困惑の涙目をジェドに向けた。その口から「嘘でしょ」「信じられない」「え、いったいなんで」と疑問がこぼれ落ちる。

すると、ジェドが、にこっと美しい笑顔を浮かべた。

「喜んでもらえたようで、よかったよ」

キラキラと輝かんばかりの爽やかな表情だった。美貌を完璧に生かしきったその笑みは、え、誰コレ、というくらいにまぶしい。

普段の見慣れた鬼上司と違いすぎた。これ、もしかして彼を『理想の上司ナンバー1』にさせているやつなのでは……そう察して、リズは一瞬言葉が遅れた。

「い、いやいやいや、私は喜んでません。そもそも団長様の直属とか、いったいどうしてそんなことになっているんですか⁉ 普通そんなの認められるはずがな――」

「昨日の活躍での昇進おめでとう、リズ・エルマー」

「えっ、嘘、昨日のせい⁉」

でもあれは、結局のところ、カルロのおかげで助かったようなものである。

そうしている間にも、どんどん幼獣舎から離れていっていた。そこに焦りを覚えたリズは、ふと、相棒獣に乗った二人の獣騎士が幼獣舎へと向かう姿に気づいた。

「リズちゃん、おめでとー」

「うん、俺的にまずはこうなるパターンは予想してた。おめでとー」

擦れ違いざま、彼らがのんきにそう言ってきた。リズは「えぇぇ」と困惑の声をこぼすと、わたわたと手を動かして意見した。

「あのっ、そもそも私、戦闘員じゃないんですけど⁉」

「ほら、こっちにおいで」

話しているそばから、ジェドが、にこっと笑って手を伸ばしてきた。

その不意打ちのやわらかな眼差しと口調に、リズは昨日の一件を思い出して、恥じらいに頬が染まった。

ここで、猫かぶりの上司モードだなんてずるい。カルロにくわえられて運ばれている状況の中、「あ」とも「う」とも言えず見惚れてしまっていた。

察したジェドが「ふうん」とつぶやいて、少し考える。

「――そうか。なるほどな」

彼は反抗の止まったリズに、にっこりと笑いかけた。ビクッとした彼女に、わざと顔を近づける。

「実はな、当初の俺自身が思っていたよりも、気に入っていたみたいでな」

「へ……？　あの、なんの話ですか？」

「カルロが、お前を選んだ理由だよ」

そう返されたリズは、きょとんっとしてしまう。そういえば、カルロ自身が自分を選んだと、女王が口にしていたのを少し遅れて思い出した。

するとジェドが、手を伸ばして頭に触れてきた。

「どうしてカルロがお前を指名したのか、教えてやろうか？」

言いながら、彼の指がリズのやわらかな髪に絡められる。

なんだかその手の動きが気になって、妙にドキドキしてしまっていると、くいっと顎を持ち上げられて視線を合わせられた。

「俺はお前のことを、こうして独占したいくらいには気に入ってる」

低い声でそうささやかれた途端、初心なリズはぼっと赤面してしまった。

美しい彼に至近距離から迫られたら、嫌でも意識してしまう。もしかして、それって一人の女性としてという意味が含まれていたりするのだろうか？

いやいや、まさか。だって、普段から意地悪で大人な団長様が、こんな平凡な自分をそんなふうに見るだなんてあり得ないはずだろうし……。

でも、幼獣たちのところから連れ出すくらいには気に入っていて……？

考える程、わからなくなってきた。だって意外にも頼れて、優しい笑顔がとても素敵だなんて思ってしまっていたから。

頭の中でぐるぐると考えながら、赤面してすっかりおとなしくなったリズを、カルロがタイミングよくジェドの方へよこした。

「さぁ、おいでリズ」

ジェドが両手でリズを抱き上げて、自分の前に座らせる。

「えっ、あ、待ってください団長様。さっきの、どういう意味なんですかっ？」

「ここにきてその質問か。本当に初心なんだな、その反応も面白い」

がばっと振り返られたジェドが、リズの混乱の涙目を受け止めて「くくっ」と笑う。

「まぁいい、しばらく俺のことだけ意識してろ」

「もしかして、からかっただけなんですか⁉　あっ、ちょ、カルロなんで駆け足になるの？　団長様もなんでぎゅっとするんですか！」

「落ちないように支えてやっているだけだが？」

意識して恥じらい、じたばたするリズは、耳元でささやかれてますます頬を染める。

腹に回されている逞しい腕に、さらにぎゅっとされて言葉も出なくなった。すると、そのタイミングでカルロが、一気に駆けて空に飛び出した。

「このまま少し散歩といこうか、カルロ」

「きゃあああ⁉　いきなりなんで飛んでるのおおおお⁉」

お仕事はどうしたのと、リズの悲鳴が響き渡る。

下にいた獣騎士たちが、それを笑って目で追った。相棒獣たちが見上げ、幼獣舎からも「みゅーっ！」という愛らしい見送りの声援が飛んだ。

ぎゃあぎゃあ騒ぐリズに対して、めでたく相棒騎士と相棒獣となったばかりの男一人とオス一頭は、なんだか揃ってとても楽しそうだった。

了

あとがき

百門一新と申します。このたびは、多くの作品の中から、本作をお手に取っていただきまして本当にありがとうございます！

今回、初めてベリーズ文庫様から執筆のお話をいただきまして、いろいろと書きたいお話が浮かぶ中、「もふもふ」「騎士」な本作を執筆いたしました。

実は、設定よりも先にパッと浮かんだのが、ヒーローの登場シーンでした。

なんつーシチュエーションなんだ……というか、いったいどういう状況？　と、まさに本作内のヒロインのような気持ちで考えておりました。

かっこいい大きなもふもふ、強い絆で結ばれた獣と騎士のいる「獣騎士」を書きたい。オーケーが出て書き始めた時、とある言葉が浮かび、ずっと頭にありました。

――私にはあなたが、あなたには私が必要です。

今になって思えば、それが本作のすべての始まりだった気がします。

実は、カルロが文字を書くというのは、プロットではなかった設定でした。初稿の際に「ふんっ」と鼻を鳴らす癖、筆談が（勝手に）生まれました。

初稿ができあがった時、「カルロめっちゃイケメン……」「新しい何かに目覚めそう」と、担当編集者様と感想を交わしたのを覚えています。

そんな獣騎士の世界を、楽しんでいただけましたら幸いです。


このたび、イラストをご担当くださいました、まち様。とっってても素敵なイラストを誠にありがとうございました！

ラフを拝見した際、チビ白獣の愛らしいもふもふっぷりに鼻血が出そうになりました。イケメンなカルロや団長様、副団長様、リズも大変かわいい！　すべてが愛おしい素敵な表紙、そして人物紹介ページに感激です！　本当にありがとうございます！

また、担当編集者様、このたびはお声をかけてくださいまして、丁寧なご指導など本当にありがとうございました！「獣騎士」の執筆とても楽しかったです。

そうして本作にたずさわり、お仕事をご一緒にでき、ご協力いただけましたすべての方々に感謝を申し上げます。

そしてお手に取ってくださいました読者様、本当にありがとうございます。「獣騎士」を楽しんでいただけましたら、すごくうれしいです。

百門《ももかど》一新《いっしん》

百門一新先生への
ファンレターのあて先

〒104-0031
東京都中央区京橋1-3-1
八重洲口大栄ビル7F
スターツ出版株式会社　書籍編集部　気付

百門一新先生

本書へのご意見をお聞かせください

お買い上げいただき、ありがとうございます。
今後の編集の参考にさせていただきますので、
アンケートにお答えいただければ幸いです。

下記URLまたはQRコードから
アンケートページへお入りください。
https://www.berrys-cafe.jp/static/etc/bb

ベリーズ文庫

平凡な私の獣騎士団もふもふライフ

2020年8月10日　初版第1刷発行
2020年9月4日　第2刷発行

著　者　百門一新
©Isshin Momokado 2020

発行人　菊地修一

デザイン　hive & co.,ltd.

校　正　株式会社 鷗来堂

編集協力　佐々木かづ

編　集　井上舞

発行所　スターツ出版株式会社
〒104-0031
東京都中央区京橋1-3-1　八重洲口大栄ビル7F
TEL　出版マーケティンググループ　03-6202-0386
（ご注文等に関するお問い合わせ）
URL　https://starts-pub.jp/

印刷所　大日本印刷株式会社

Printed in Japan

乱丁・落丁などの不良品はお取替えいたします。
上記出版マーケティンググループまでお問い合わせください。
定価はカバーに記載されています。

ISBN 978-4-8137-0952-7　C0193

ベリーズ文庫 2020年8月発売

『愛艶婚～お見合い夫婦は営まない～』　夏雪《なつゆき》なつめ・著

小さな旅館の一人娘・春生は恋愛ご無沙汰女子。ある日大手リゾートホテルから政略結婚の話が舞い込み、副社長の清貴と交際0日で形だけの夫婦としての生活がスタート。クールな彼の過保護な愛と優しさに、春生は心も身体も預けたいと思うようになるが、実は春生は事故によってある記憶を失っていて…!?

ISBN 978-4-8137-0946-6／定価：本体640円＋税

『激愛～一途な御曹司は高嶺の花を娶りたい～』　佐《さ》倉《くら》伊《い》織《おり》・著

フローリストの紬はどうしてもと頼まれ、商社の御曹司・宝生太一とお見合いをすることに。すると、初対面の宝生からいきなり『どうか、私と結婚を前提に付き合ってください』とプロポーズをされてしまい…!?　突然のことに戸惑うも、強引に新婚生活がスタート。過保護なまでの溺愛に紬はタジタジで…。

ISBN 978-4-8137-0947-3／定価：本体660円＋税

『堕とされて、愛を孕む～極上御曹司の求愛の証を身ごもりました～』　宝月《ほうづき》なごみ・著

恋愛に縁のない瑠璃は、ウィーンをひとり旅中にひょんなことから大手ゼネコンの副社長で御曹司の志門と出会う。彼から仮面舞踏会に招待され、夢のような一夜を過ごす。志門から連絡先を渡されるが、あまりの身分差に瑠璃は身を引くことを決意し、帰国後連絡を絶った。そんなある日、妊娠の兆候が表れ…!?

ISBN 978-4-8137-0949-7／定価：本体650円＋税

『エリート外科医の滴る愛妻欲～旦那様は今夜も愛を注ぎたい～』　伊月《いづき》ジュイ・著

OLの彩葉はある日の会社帰り、エリート心臓外科医の透佳にプロポーズされる。16年ぶりに会った許婚の透佳は、以前とは違う熱を孕んだ眼差しで彩葉をとろとろに甘やかす。強引に始まった新婚生活では過保護なほどに愛されまくり！「心も身体も、俺のものにする」と宣言し、独占の証を刻まれて……!?

ISBN 978-4-8137-0950-3／定価：本体660円＋税